噺のまくら

Ensho SaNyuTei

三遊亭圓生

P+D BOOKS
小学館

目次

＊本文中　文末の小文字は噺の題名

祭り自慢

昔から祭り自慢ということを申しますが、お祭りの自慢はよく伺います。

「いやァまァ、ほかにはありませんね。あたくしの郷里《くに》の祭りにはこういう特長があるんで……まァ、ぜひひとつ、見ていただきたい」

なんという、これはまァ、いずれもお国自慢のひとつになりまして……。

東京が江戸と申しました時分、祭りというのは山王の祭り、神田の祭り。将軍家がご上覧になったというのが、江戸っ子の自慢のひとつでございます。

清元という、浄瑠璃の中に、神田祭りをうたったのがございます。

一年《ひととせ》を今日の祭りにあたり年
警固手古舞はなやかに
飾る桟敷のもうせんも
色に出にけり酒機嫌
神田囃子も勢《きおい》よく

という、まことにいい文句でございます。

ま、学校の教科書なんぞにはあまり載りませんけれども、お祭りというものはそれぞれの自慢がありましたもので……。

また、あれには必ず四神剣《しじんけん》というものが出ます。上に剣がついている旗で、あれは四方の神様を祀《まつ》ったものだそうです。

東を青竜、西を白虎、南を朱雀、北が玄武——黒い亀でございます。本来は、あれは四神旗というのが正しいんだそうですが、上に剣がついているためか、江戸では四神剣といいました。

年番預けになっておりまして、今年甲の町内で預かる。翌年はそれが乙の町内へまわる。それから丙へ行き、丁《てい》へ行くというわけで、ずうーっと年番で預かります。

お祭りには何とかして、人の目を引くようなことをしたいというので、いろいろ趣向をこらしましてね。彫り物なんぞを彫って、これを見せてびっくりさせようなんてんで……ずいぶん変ったのがあったそうです。

「どうだ、今度ひとつ、大勢で大蛇を彫ろうじゃねえか」

「大蛇?」

「うん。二十人ばかり、ずうっと並んでな、並んだところへ大蛇が……これァおめえ、いいぜ」

「うーん、なるほど。これァ、みんなびっくりするだろう。どうだい、みんな」

「おう、よかろう」

てんで、江戸っ子ですから気をそろえて、一匹の大蛇を彫る。で、祭りの最高潮になったときを見はからって、二十何人てえのが背中を向けてずうーっと並ぶと、見事な大蛇になった。大喝采を浴びて、大いに面目をほどこしたんですが、祭りが終わって、これが一人一人になると大蛇の切身になっちまってね、何だかわけのわからない変な彫り物で……そんなようなことをしても、隣町には負けたくないというんですな。

今年はおれンとこじゃ、ひとつ銭をかけようてんで……まァ、申し上げるとわるいが、貧乏な町内ほど金のかかったことをする。

祭りは派手にすんだが、

「どうしたんだ、あすこのかみさん、見《め》えなくなっちゃったな」

「ああ、源さんとこだろ？」

「うんうん」

「これえだね、品川ィ行ったらね、源公の嬶ァがいたよ」

なんてんでね。おかみさんを売ったり、娘がいなくなっちまったりという、そのあとへいろんな悲劇ができるというわけで……。

ま、とにかくお祭りというものには猿田彦という、天狗様でございますね。

これはお面をかぶって出るんですが、ありゃ、あんまりやり手がなかったそうですね、いや

がって……。そこを、

「まァまァ、お前さんでなくちゃいけないから、頼むから」

なんてんで、人のよい方を頼んで、

「それじゃ、まァ、しょうがねえからおれが引き受けよう」

てんで、
町内の仏たのんで猿田彦
ということになる。また、
猿田彦角を生やして吸いつける
これは写生句でございますが、じつにうまいもんですね。

拍子木が入って、お神輿が一時《いっとき》、ここで休むという。

長屋のおかみさんが出てきて、

「一服、おあがりよ」

いまと違って、昔は長煙管ですから、こいつへ煙草をつめて出してくれる。

「ああ、どうもすいません。ありがとうがす」

なんてんで受け取って、そのままじゃ吸えませんから、お面を、額のところまで上げて、一服吸おうという。したがって天狗様のお面ですから、額のところに角が生えたような形になる、というわけです。

なかには、また、

迷惑な顔は祭りで牛ばかり

なんという川柳《せんりゅう》があります。

なるほど、あの山車《だし》を引いて歩く牛はいやでしょうな。

人間どもは着飾って、やれ面白いの、勇肌《いさみ》だのと言って騒いでいるが、牛はあんなに重いものを引っぱって、のそのそ歩くんですからたまったもんじゃない。

「早く、うしまいにしてくれ。もう、こりごりだ」

なんてなことを言ってね、愚痴をこぼしたかも知れません。

＊『百川《ももかわ》』

花魁異名

花魁《おいらん》というものがいつごろからできたものか、うかがいますとなかなか古いものだそうですな。

源平の戦いのときに、平家の一門はみな、西海の藻屑とあいなりましたが、そのときに名を惜しみ、恥を知る官女たちは海に投じ、あるいは刺し違えるとか、自害をして命を絶ちましたが、それでもあとにはおびただしい官女たちが取り残されました。これらが、さっそくその日の活計《たつき》に困りまして……はじめて春をあきなったと申しますが、これがまァ、始まりだそうでございます。

下関にまいりますとあの赤間神宮、あるいは赤間の宮とも申しますが、あそこは安徳天皇をお祀りしたお宮だそうです。大祭は、たしか四月の二十四日でございましたか、祖神祭というものをいたします。で、そのとき、これはご先祖を慰めるというので、あちらの遊女が緋の袴を穿いて、その日参拝するという、珍しい行事がございます。

これがまァ、遊女のそもそもの始まりだなんと申しますが、古くはさぶるこなんという言葉もありまして。さぶるこ、『万葉集』にその歌が出ておりますが……。

どうもえらいもんですね。噺家だってばかにしちゃいけません。『万葉集』なぞを心得ている。また、川柳は『末摘花』を愛読するという詩人でございます。いまに口がきけなくなる。詩人に口なし、なんてんでな。あんまりいい洒落じゃありませんが……。

ま、遊女には、いろいろ場所《ところ》によりまして異名がございます。

大阪の方に行くてえと、あれをおやまといいますね。あるいは姫、姫買いなんという。

「どや、今夜、姫買いに行こか」

なんてなことを言います。

東京では、

「どうだい、ひとつ、女郎買いに行くかい」

なんてんで、東京では女郎といいます。

それからあの船橋というところに行きますと、八兵衛という名がついている。おかしな名でございますね。なんかもう少し色っぽい名をつけそうなもんですが、はちべえとはどういうわけなんだてんで、聞いてみたら、ここの妓《おんな》はお客がくると、「しべえ、しべえ」なんてなことを言う。

しべえ、しべえ……で、これ八兵衛という名をつけたという、面白いものでございます。

それから、かんぴょうというところもありますが、これも変った名でございます。

海苔巻によく入っている干瓢。あれは野州の名産で、夕顔といいまして、冬瓜より少し大きいもので畑へ作るものだそうです。あの夕顔を細くむきまして干し上げる……これはまァ、干瓢の製造法でございますが……。

ま、だいたいああいうところへ遊びにいらっしゃると、お客様が五千円で遊ぼうという約束ができて上へあがると、なかなかそれ、五千円では足りなくなる。これがまァ、七千円になるとか八千円、あるいは一万円なんというような、思ったよりはだんだん出費が多くなっていくもんです。けれども、かんぴょうは、これと逆なんで、一万円で遊ぼうてえと、これをとめるんですね。

「およしなさい、あなた。そんな無駄なお金を使わなくっても、あたしは三千円でいいんだから、それだけで遊んでお帰んなさい。あなたも、一万円今夜使ったと思って、あと二度でも三度でも来て下さいな。そうすればあたしも長くお勤めができるし、お互いに会えるんだから、そうしてちょうだいよ」

と、こういう。

男の方でも考える。

（おれが一万円使ってやろうってえのに、三千円でいいから、三度でも四度でも来てくれたほうがいい……ふふふ、してみるとあの女、おれにとんときているな）

なんてんで、一人で悦に入っている。

なに、向こうじゃとんともじゃんともこやしない。これがつまり、干瓢なんですね。

三度でよせば、そりゃァ安いんですが、そうはいかない。人間、うぬぼれがありましてね、女が惚れているんだと思うから、どんどん通う。

しまいには三千円もない。じゃ二千円でもいい、千五百円でも……てんで、すっからかんにされる。細く、長くむかれるから、つまり干瓢という名をつけたという。

これは面白いいわれでございます。

＊『紺屋高尾』

夢知らせ

昔はこの、夢というものを大変気にした人がいくらもありまして、いまでも、これはよい夢だとか悪い夢だとか、いろいろ朝起きると悩んでいる人がおります。それにまた、「夢の知らせがあった」なんてえことを言いますが、一方では「聖人に夢なし」といって、あんなものは信じるに足りないもんだといいます。

五臓のどれかを痛めると夢を見るといいますが……五臓と申しますと、心臓、肺臓、肝臓、腎臓、脾臓でございます。このいずれかに故障がおきますと夢を見るようになる。だから、健全ならば決して夢なんてものは見ないと申します。しかし、夢を見たためにのちのちにどうという話の残っているのもいくらもございまして……。

有名なのは、日蓮上人とおっしゃる方のおっ母さんで梅菊御前。この方は日輪を呑んだ夢を見て、懐妊をいたしました。のちにお生まれになったのが日蓮上人だといいますが、まことに雄大な夢でございます。太陽を呑んだってんですから。

あたくしの知ってる人で、太陽と月と、いっぺんに呑んだ夢を見た人がある。「こりゃどうも、すばらしい夢だから何かいいことがあるだろう」てんで待ちかまえていたら、その翌《あく》る日になって、月掛けと日掛けをいっぺんに取りに来たという……これもやはり夢知らせでございますがね、どうもあまり嬉しくなかったといって愚痴をこぼしていましたが……。

まァ、いろいろ夢はございますが、源頼朝という方のおかみさんで……おかみさんというとおかしいけれども、やっぱり、おかみさんに違いないんですが、のちには尼御前《あまごぜ》となられた北条政子という方は、妹の夢を買ったといいますな。妹が大変よい夢を見て、これこれだという話を聞いて、「それではあたしに、その夢を売っておくれ」というんで、妹ですから安く値切って踏み倒して買っちゃったんでしょうね。そのために、のちに頼朝を獲得したなんてえますが、あんまりあてにはなりません。

家康のおじいさんは、「是」という字を握った夢を見た。これを占ってもらうと、大変吉夢でございます、という。どうしてかというと、是という字、あれを伸ばすと、日の下に人と書く。それを握るんだから、天下を今に掌握するような豪傑が生まれるに違いないといったんですね。果たせるかな、その孫に家康という人ができまして、天下を握ったという。

やはりこの夢知らせというものはありまして、菅原道真公のおっ母さんは、梅の花を呑んだ夢を見て、道真公をお生みになりました。

右大臣という公職につきまして、それに大変書道がお上手で、書道の神様としてお祀りしてございます。それでみな、天神様へ願をかけると字が上手くなる、手が上がるなんてことをいいましてお参りをいたします。近ごろは、受験勉強の時期には天神様も大変忙しいそうです。藤原時平《ときひら》、俗に時平《しへい》と申しますが、その人とどうも政治で意見が合いませんで、そこで道具公がいては自分のままにならんというので、讒言《ざんげん》を構えて九州太宰府というところへ流罪といって流したといいますが、そうではないんだそうですね。やはり官職はあったんです、大宰権帥《ごんのそち》という長官なんですけども、京都からみりゃァね、そりゃ田舎ですよ。これはまァ、島流しと同じようなもので、いよいよ都を発つというときに、お庭をごらんになりますと、ご寵愛の梅が今を盛りと咲きほこっております。

これをごらんになって、

東風《こち》吹かば匂ひおこせよ梅の花　主人《あるじ》なしとて春な忘れそ

と和歌をお詠みになりました。

(わたしがいなくてもお前はやはり、今まで通りに花を咲かし、人の目を喜ばしてやっておくれよ)という、まことにご慈愛のある和歌でございます。

九州の太宰府においでになりましたが、都とは違い、まことに淋しい土地でございます。

その翌年の春、ある朝のこと、庭をごらんになると、あのご寵愛の梅が庭へ来て、花を咲かしている。これを「飛び梅」といいましてね。飛行機で来たのか、新幹線へ乗って来たのかそりゃわかりませんけれども、とにかく梅が庭にいたんで、これをごらんになって大そうお喜びになったそうです。松と桜はあったが梅というものはない。松、桜のあるところへ梅がとびこんで、「ああ、これでよろしい」とおっしゃったそうで……。松、桜、梅がそろえば、これは「よろしい」という。相当な学問がなければこういうことは解りません。

ま、それまでは、いまに都に帰れるという望みもあったんでしょうが、遂にいよいよ、もう帰る望みもないということになった……。

さすがに温厚な方も非常にお怒りあそばして、天拝山という山に登りまして、「爪立《つまだ》ての行」という、爪先で立ちまして三日の間、祈りに祈り、とうとう魔界に入って、雷になったといい伝えられております。

どうして雷なんかになったんですかねえ。三日三晩もあなた、爪先で立てるんですから、いまならば、さしずめ舞踊団かなんかへ入ってね、バレエの方で一流の先生にもなれたんですが、惜しいことをいたしました。

その霊をなぐさめるというので、天満宮にお祀りをいたしまして、藤原時平のほうは、のちに雷に打たれて死にました。

＊『質屋庫』

親父の小言

貯めたがる使いたがるで家がもめ

という川柳がございますが、これはお父っつァんと伜《せがれ》の意見の相違ですね。お父っつァんは金を使わない、大事にこれは貯めておくもんだという。ところが伜のほうは、違いましてね。金は使ってこそ面白い、使うもんだという。ここで二人の衝突が起こるわけで……まァ、どちらにも理屈はあるんですがね。

「貴様に残してやりたいから、おれが一生懸命稼いで、身代を増やそうとしている。それを貴様が道楽をして、むやみに使うというのはけしからん。お前、どうして金を使うんだ」

なんてんで、小言をいう。

伜さんにしてみれば、お父っつァんの意見なんてえのは馬鹿げている。

「どうも、うちの親父はどういうわけであいうわけのわからねえことを言うのかな。え、金は貯めるもんだってやがる。ありゃ貯めるもんじゃない。使うために金はあるんだ。それを使うてえと、『貴様にやる金が少なくなる』って……そう思ったら、渡すときに差ッ引けばいいんじゃねえか」

なんてんで、変な理屈を言ったりなんかしている。

中には神妙にお父っつァんの小言を、ちゃんと頭を下げて聞いておりましてね。これが身にしみて親の意見を聞いているのかってえと、そうじゃない。形式だけはごくおとなしく、頭を下げて、

「ごもっともでございます」

なんてなことを言ってるが、腹じゃ違うんですからね。

意見聞く息子《せがれ》の胸に女あり

「貴様はどうして、親の言うことを聞かないで、道楽をするんだ」

「へい、まことに申しわけございません」

「何のためにあたしが一生懸命に働いていると思う。え？ あたしが生きてるうちに、身代を増やそうと思うから稼いでいるんだ。それを心なしにむやみに使うという話があるか」

「まことに申しわけございません」

なんてんで、うわべは大変おとなしいんですが、腹の中じゃいろんなことを考えている。

「どうも、うちの親父てえのは、どうしてこう小言をいいてえのかな。ひとつの病気だねありゃ。金を貯めろ、金を貯めろってやんの。いつだって言うことは決まってるんだからな。早く小言がおしまいにならないかな。せっかく約束がしてあるんだから、こんなことをしていりゃ、

遅くなっちまうなァ。まさかね、親父に小言をいわれているとは気がつくまいな。若旦那の来るのが遅いが、どうしたんだろう、途中で何か間違いでもあったんじゃないかってんで、さぞかしやきもき心配しているだろう。こんな親父のために、彼女《あれ》に苦労をかけなくっちゃならない。考えりゃ、もったいない話だ」

てんでね、どっちがもったいないんだか、わけがわからない。

ところが、もっとすごいのがありましてね。

意見聞くときゃ頭をお下げ　下げりゃ意見が通り越す

なんという。

「お父っつァん、もうそれでよろしいんでございますか、お小言は？　ええ、いかがでございましょう。今日は暇でございますから、明日の分もご一緒に、まとめていかがなもんで……」

なんてんで、小言の催促をしたりなんかしてね。こうなった日にゃ、もうどうにもしようがありませんで……。

＊『不孝者』

先生と師匠

当今は無筆という言葉がおわかりがございませんで、若い方に聞いてみると、無筆というのは何です、てんで向こうで怪訝《けげん》な顔をする。つまり、字の読み書きのできないものを無筆といいまして、そうですね、大正の中頃あたりまでは確かにありました。まるっきり字の読めない噺家とか講釈師とか、人様の前でおしゃべりをするんですから、まァまるっきり字の読めないというのもこれ、困るもんです。

そういう人はえてして間違えたことを言う。しかし、必ず間違えるのかというと、そうでもございませんで……。

明治時代に、邑井《むらい》貞吉という講釈師がおりました。いまは講談といいますが、昔は講釈師といったものです。

そこへ、お弟子にして下さいと、若い者が来たんで、お前、いままで何をやっていたのかといって聞くと、紺屋の職人だったという。そこで、邑井貞吉の吉をつけ、その下へ瓶という字をつけて邑井吉瓶《きつぺい》と名前をつけた。紺屋の職人だったというんで、まことにどうも洒落た名前でございます。

この人は本当に一字も読めなかったんですが、絶対に間違ったことは言わなかったそうです。

誰に聞きましても、この人は名人だったといいますが、話術も優れておりまして、一度聞いたことはちゃんと確実におぼえていて、決して一つとして間違ったことはいわなかったそうです。まあ、こういう人は珍しい方で、おうおうにして字の読めない者はよく間違えるもので、もちろん噺家の方は少々ぐらい間違えましても、笑う商売ですから、これはまァ何とかごまかしはつきますが、講談の方は具合が悪いんでございますね。

第一、あれを先生といいましてね。いまは師匠という言葉をきらうんですが、あまり言いません。まァ、われわれは師匠というんですが、昔、あたくしども、先生なんて言われるとなんか馬鹿にされたようで、

「何を言ってやがんでえ。噺家を先生だなんて言ってやがって」

なんてんで、腹が立ったもんですが、近ごろのように、ときどき、先生なんて言われますと、こっちも慣れっこになりましたが、おかしなものですね。

昔は、師匠という言葉はずいぶん使いました。

お花、手習い、剣術、みんな師匠といったものです。いまはどんな人にでもすぐ、先生といいましてね。邦楽なんぞでも、それを教える人を先生という。ほかのものはいいんですが、清元だとか小唄なぞは、あたくしはおかしいと思いますね。小唄の先生てんですがね、あれはやっぱり、師匠といった方がなにかその、演っているものとぴったり合うように思いますが……

まァ、時代の流れで、言葉も使い方が変るんでございましょう。

そこで噺家の方は師匠という。

ですから、あまり高慢なことを言うと、お客様から反感をかわれて、

「なんだい、いやに高慢なことを言いやがって」

なんてんで、いやがられたもんです。

ところが講談の方は違いましてね。なにかこう、向こうへ教えるというような、押さえつけるような心持ちでしゃべらないてえといけないといいます。なにしろ先生というんですから。

＊『心の灯火』

床屋の障子

時代によりましていろいろ商売が変ってまいります。昔はずいぶん面白いのがありまして、猫の蚤《のみ》をとって歩いたという、今から考えるとまことにおかしな商売でございますな。

「エエ、猫の蚤とろう……エエ、猫の蚤とろう……」

「ちょいと、うちの三毛ちゃんをおねがいしますよ」

これで一日の生活が出来たという……まことにどうも呑気な時代でございました。

そうかと思うと、耳の垢を掃除して歩くなんというのもありましてね。耳というのは、人にとってもらいますとまことに心持ちのよいもので、これはまァ、料金によりましていろいろ道具が違います。

いちばん高いのが金の耳かきで、こりゃァあたりがよろしゅうございます。その次になると銀でございます。これもよろしいものです。それから更に下がりまして、銅、鉄になり、最下等は釘の頭でかきまわすてえますけれども……こりゃどうも、危ない仕事であんまり頼んだ人がなかったようです。

床屋さんでも、以前はよく耳の掃除をしてくれましたが、近ごろはやかましくなってやりません。その代わり、タオルで蒸すという……顔を剃《や》りますときに、蒸しタオルでこう巻いてくれまして、ありゃたいへんよろしいものです。

もっとも、暖《あつた》かいのはいいんですが、時折は熱いことがあって、あたくしが行った床屋で熱いのをのっけられておどろいたことがある。

「あッ、熱いな、おい」

「どうもすみませんね、なにしろ持てるだけ我慢して持ってましたけども……」

てんで、いくら熱いったって、こちらの顔へおかれた日にゃたまったもんじゃありません。

昔は丁髷《ちよんまげ》といいましてね、海苔巻のようなものが頭の真ん中へ一本、のっかっていいようという……これを結いますのが、髪結床といいまして、表に腰障子がはまっております。これへ絵が描いてある。奴が描いてあって、奴床、あるいは海老を描いて、海老床。梅を描いて、梅床なんという……なんでもその、描いてある絵がその店《うち》の呼び名になるという。だから字の読めない人だってね、読み違えることはないわけですからこれは便利です。

「おいおい、金ちゃん」

「え？」

「見ねえ。なんだなァ、この腰障子に描いてある海老はいいなァ。……どうだい、え？　うめえもんじゃねえか。あのピーンと髭がはねあがってるところなんざァ、生きてるようだな」

「え？」

「生きてるようだろ」

「だって、動《いご》かねえや」

「何を言ってやがる。動かねえって、当たり前《めえ》じゃねえか。絵に描いてあるもんが動くわけァねえやな」

「ふふ、動かなけりゃ死んでるじゃねえか」

「ばかだね、お前は。動く動かないてんじゃないんだよ。描いてある筆先が、さながら生きているようだと、こう言うんだよ」

「だっておめえ、動かなけりゃ死んでらァな」

「このやろう、いやに強情なことを言やァがる。おれが生きているてえのに、なにも死んで……」

「おいおい、ちょいとお待ち。往来で喧嘩は見っともないね」

「いえ、喧嘩じゃありませんが、こん畜生の言うことが小癪なんだよ。このね、床屋に描いてある海老がね、生きてるようだといってあっしがほめたんです。そしたらこのやろう、死んでる、とこう言やがんです」

「ふーん、それで喧嘩になったのか」

「いえ、喧嘩じゃねえけどもさァ、言うことがお前さん、いめえましいやね。ねえ、生きてましょ、この海老は？」

「この海老？　……うーん」

「ねえ、よく描いてありましょ？」

「ああ……よく描いてあるがなァ……これは生きて……いないな」

「えへへへ、ざまあみやがれ。ねえ、死んでまさァね、これはね」

「いやあ……死んではいないな」

「なんだい、へんに曖昧なことを言うね。生きちゃいねえ、死んじゃいねえって……じゃ、どうしてるんで」

「患ってるな、こりゃ」

「冗談言っちゃいけねえやな。海老が、お前さん、患うのかい？」

「よく見なさい。床についている」

＊『浮世床』

十年奉公

小僧、上方では丁稚、ところによって「ぼんさん」と呼ぶところもあります。

十一から十二、三歳くらいが奉公に上がる年齢《とし》で、十年の間はどうしても辛抱しなくてはなりません。

これを十年奉公といいまして、その間は無給、給金というものは一銭ももらえません。

いまの若い方は誰一人として、そんなばかなことといって信用なさらないでしょうが、昔はごく当たり前のことでした。

つまり商売の道を教えてもらうのだから無給《ただ》で働くというわけです。奉公に出てからは、使いで自分の実家《いえ》の前を通っても勝手に寄ることは許されません。

自由に外出できるのは年に二度だけ。正月の十五、十六日。お盆の十五、十六日。このうちのどちらか一日だけです。

いまの一週間に一度の公休日などとは全然わけが違い、半年に一度というんですから、どんな寝坊の者でもまだ真ッ暗なうちから目をさまして夜の明けるのを待ちかねたという、嬉しいもんだったそうです。

それに小僧というものは使いが早くないといけません。

表へ出ますとまともには歩かない。駆け出している。急いで向こうで用をすませ、また急いで駆けて戻ってくる。それが「あいつは使いが早い、感心な奴だ」って、上の人に目をかけられるようになるわけです。

それにどんな寒いときでも火にあたることは出来ず、足袋をはくことも許されません。まァ、真冬の三カ月ははかしてくれますが、定められた日が過ぎればいっさい許されません。店にいるときは膝へちゃんと手を置き、正面をきって正座している。膝を崩したり、横ッ坐《つわ》りをすると、上の者からすぐ殴られたりするから我慢して坐っている。

ごはんを食べるときも上の者から順々に食べる。小僧の食べる時分には汁の実などまるっきりなくなっている。

そういう辛い思いをして十年を無事に勤めあげると、更に一年、お礼奉公というのをしなければならない。ですから正味十一年、無給《ただ》働きをするわけで、それがすんで初めてお給金がいただけることになります。

つまり手代というわけで、こうなるとお使いに出ても羽織を着ることを許されたものです。

＊『百年目』

大名の飯炊き

昔このお大名と申しますと、たいへん贅沢なことをなすったように、われわれは心得ておりますが、まァそんなこともないんでしょうが……。

大名と書いて、人間のもやしと読むなんと悪口を言った人がある。馬鹿やたわけで一国の主《あるじ》がつとまるわけはないんですが、けれどもなんというか、下情に通じておりませんで、それというのが、家来のほうではなるべくそういうことは隠すようにしているんですな。

片仮名のトの字に一の引きようで　上になったり下になったり

「ト」の字を書きまして、下へ一という字を引くとこれは「上」という字でございます。だから、上のことはわかるが、下にあの棒があるために、下《しも》のことはわからない。で、上へこの、一をもっていきますと「下」という字になるから、これもまた上のことはわからない。だから

「中」という字は、口を書いて真ん中へずっと棒が突き抜けております。だから真ん中にいる者は上下に口が通じる、なんという、これはまァこじつけでございましょうが……。

お大名には家来のほうで、いろいろなことを隠したものですから、そうするとなにかご自分でも知りたいというのは、これは人情でございましょう。

大名が米相場を聞いたなんという話がある。

「なァおい、源さん、米が今日から安くなったぜ。両に五斗五升だ」

「へえ、ありがてえ、ありがてえ。どうもこちとら、米が安くなくっちゃいけねえや」

「ほんとうだ」

がやがや話をしているのが、お駕籠の中でちらと耳に入りました。お城にお上がりになります。おつとめのお部屋にはもう大名方がずらっと居流れている。

「おう、今日、下々で町人どもが話をいたしておりましたが、米が両に五斗五升にあいなったという。やあ、米は安うのうてはいかんことでござるな」

「ほう、これはまた、恐れ入りましたな。なにか貴公、米の相場なぞはご承知でござるか」

「いささか心得おりまする」

「ほほう、両に五斗五升でござるか。ほほう。して、両とは何両で」

「されば、千両に五斗五升」

そんな高い米相場てえのはない。

こういうのを聞きかじりで、おしゃべりをするんですな。

「ああ、失礼ながら貴公には、米の炊きようなぞはご存知でござるかな」

「ほう、米の炊きよう……いや、さようなことは一向にわきまえませんで……」

「それはいかんな。大名であるから知らんでよいということはない。治にいて乱を忘れず、のたとえ。てまえなぞは家来から伝授をうけ、いささか心得おりますが」

「いやそれは、恐れいりまして。てまえにもぜひともご教授にあずかりたいが」

「いや、さようにむずかしいことはござらんが、この一升の米を炊くには、水加減が第一。これをよくといで水を入れ、かように平らにこう手をつきます。このくるぶしまで水が参らば、一升の米を炊くことができます」

「ほう。しからばかように手を入れて、くるぶしへ水が参らばよろしきもの。ふーん……して、二升炊くときは」

「二升……炊くときは、両手を入れる」

「三升のときは」

「足を入れる」

足なんぞ入れちゃいけない。

殿様てえのは、まことに無邪気なところがありまして、

「これこれ、三太夫、三太夫」

「はは、お召しにございますか」

「今宵は十五夜であるの」

「御意にございます」

「お月様は出たであろうか、どうじゃ」

「恐れながら、上《かみ》は大身にあらせられますれば、お月様と申すは婦女子の申しまするようにあたり、はなはだ聞き苦しき儀にござります。月はただ、月と、御意あそばするよう願わしゅう存じます」

「うーん、さようか。お月様と申してはおかしい。ただ月と申せばよいというか。うん、しからば、月はどうじゃ」

「一点のくまなく、こうこうと冴え渡っております」

「さようか。して、星めらはいかがいたした」

なにもそんなに悪く言わなくったっていいが……。

中には無邪気なお大名もありまして、

「三太夫、これは先だって食した香の物と同じであるか」

「御意にございます」

「同じ品でありながら、今日のはちと味が劣るように心得るが、これはいかなるわけじゃ」

「恐れながら申し上げます。先だって召し上がりましたる品は三河島から取り寄せましたものにございまして……」

「これこれ、なんじゃ、その三河島というのは」

「地名にございまして、菜の本場といたしおります。それに下肥をかけました品ゆえ、葉もやわらかく、味わいがよろしゅうございまするが、今日は、御下屋敷で生育しましたる品。肥料にほしかをかけましたゆえ、ちと味がおちるかと存じまするが」

「うーん、さようか。しからば、菜は下肥をかけると味わいがよろしゅうなるのか」

「御意にございます」

「うん、苦しゅうない。少々これへかけてまいれ」

って、それにかけられた日にゃ大変で、下肥が何だか知らないというところがまことにお大名らしいところでございます。

これもお大名のお姫様で、お女中を四、五人お連れになりまして、お庭内をお散歩でございます。

ちょうど秋のことで、雁《かりがね》がこう列を作って飛んでゆくのをごらんになり、

「さつき、あれを見や。雁《がん》が飛ぶぞよ」

「恐れながら姫様に申し上げます。雁《がん》と申すは下様《しもざま》で用いまする賤しき言葉。和歌敷島の道にも、雁《がん》のことは、雁《かり》と申します。この後なにとぞ、雁《かり》と御意あそばすよう願わしゅう存じます」

「さようか」

とおっしゃったが、小言をいわれてきまりがわるいから、煙草入れを取り出して、一服召し上がって吹き殻をぽんと叩く。とたんに煙管の首が飛んだ。

「さつき、あれを見や。かりッ首がとんだ」

こりゃやっぱり、ガン首の方がよかったんで……。

中にはもっと呑気な殿様がありまして、

「これ、三太夫、近うまいれ」

「はは、お召しにございますか」

「うん。この間、予が大塚の下屋敷へ久方ぶりにまいったところ、あれにはおびただしく空地がある。で、それについてその方へ密々に申しつけたき儀がある。どうじゃ」

「これは恐れ入りましたこと。しからば明日、海上で仰せ下さいますよう」

「うん、よきにはからえ」

お屋敷ではごく内密のことは話が出来なかったそうで、どういうわけだというと、例の忍びの者というのがおります。天井裏、あるいは縁の下へ忍んで、その内密な話を聞かれるという憂いがありますので、ごく内々のことになりますと船へ乗りまして、これから沖合いに出る。そこならばどんなことをしゃべろうとも決して洩れる憂いはないというわけで、翌日、殿様をお船に乗せまして、三太夫さんが一人でせっせと船を漕いで、沖合い二里あまりも出《い》でました。

「かく海上はるかに乗り出でましたならば、お気遣いはございません。なんなりと御意あそばすよう願わしゅう存じます」

「うん。しからばその方に申しきけることがある。大塚の下屋敷にはおびただしく空地がある。予は、あれに豆を植えようと思うのだが、どうじゃ」

「ははあ……しからばそのことにて、かく海上はるか乗り出だしにあいなりましたのでございますか」

「うん。鳩に聞かれてはまずい」

じつに呑気な殿様があるもんで……。

ある殿様へ、家来が天眼鏡を差し上げました。

「これは何にするもんじゃ」

「人相易学の道具に使います。天眼鏡と申します」

「易学とはどういうものだ」

かようかようでございます、といろいろなお話を申し上げる。殿様は大変喜んだ。

「うん。予はこれを用いるぞ」

翌日になりますと、お詰《つめ》のお侍というものがおります。これをお呼び出しになり、

「ああ、今日は予がその方どもの運気吉凶を占いとらする。どうじゃ」

「恐れながら、上には人相易学など……」

「易は、予は十分に学びおる。その方見てとらするによって、予の前へ進め」

「はは」

「いや、そこではいかん。もそっと進め」

「あまりお身近では恐れ入りまして」

「いやいや、苦しゅうない。もそっと……もそっと近こう進め。さように屈《ここ》んでおってはいかん。顔を上げろ。もそっと上げろ。うん……うーん、汚い顔じゃなァ。その方、鼻毛なぞは抜かんのか、目脂《めやに》が出ておる。不潔な顔である。一朝事あらば、一方の片眼を預かる大将にはなれん。雑兵の面付きである」

「へへ、恐れ入りました」

「その方はまた、おでこであるなァ。ほほほほ……いや、このでこすけ頭の者は下様《しもざま》で福相と

申す。その方に近々良いことがある。来月、月始めに加増を申しつくる。どうじゃ」

「は、はあッ。武門に生まれ、ご加増とはこの上もなき身の面目をほどこし……」

「いやいや、さように喜ぶな。喜びあらば近きに憂いあり、と申すたとえもある。来月、月始めに加増いたすが、月末には少々災難ごとが見える」

「只今からさっそく、身をつつしんで……」

「いや、つつしんでもこれは避けることは出来まいな」

「いかなる災いにございます？」

「うーん、軽ければ門前払い。重いと切腹を申しつける」

てんで、これじゃ馬鹿にされてるようなもんで……。

「だれぞ、人相をみてとらする」

と言ったたってね、だれもそばへ寄らなくなっちゃった……。こういう殿様も困りものでございます。

＊『盃の殿様』『妾馬』

酒合戦

昔からこの、酒を飲んでいいとか悪いとかよく言われますが、お医者様なぞに伺っても、嫌いな先生は、

「いかん」

とおっしゃる。

「少しでも？」

「いや、少しでもいかん。百害あって一利ないもので、酒というものは飲まん方がいい」

好きな先生に、いかがでしょうってえと、

「さあ……沢山《たん》とはいかんが、少しくらいはまァよかろう」

なんといってね、どっちが本当なんだかわかりませんが……。

とにかく酒というのは不思議なものでございましてね。ふだんはおとなしい方が、酒を飲むとああも変るもんかというように、人間が、がらっと変るという。もっともまた、正直なところもあって、ふだんからあの野郎はどうもいやな奴だ、なんてんで、腹にもっているのがお酒を召し上がるてえとこれが爆発して、向こうを殴ったりなんかして、酔いがさめたあと、

「どうもまことにすみません。ちっとも知りません……まるっきりおぼえがないんで、面目次

第もない……まことに申しわけございません。あれは酒の上で、どうかひとつ、ご勘弁を……」

なんという。まァ仕方がないから、相手もそれで我慢してくれますがね。

そこへいくと、どうも下戸のかたは都合が悪い。団子を食ったあとで、向こうを殴ったりなんかして、

「どうもすみません。とんだことで……面目次第もない。なにしろ、餡の上で……」

なんて、どうもその、餡ころの上なんてえのは、言いわけにはなりませんからね。

酒というものは、まァいろいろそれ、余計飲む方もあれば、少なくっても大変陶然とする方もあります。

酒豪というのがございますね。ずいぶんどっさり召し上がる……ありゃ別なんでございましょうね。酒は入るところが違うんだなんてえますが、入るところが違うったってあなた、やっぱり口から腹へ入るんですから、どう違いようもなかろうと思うんですが……。

昔から、一升酒を飲むなんといいまして、

「あの人は大酒飲みだね。一升飲むってさァ。大変な酒豪だね」

なんてんで、一升飲むのは多いとしてあります。

昔から酒合戦なんてえものがあって、番付にも載っておりますが、五升飲んだとか、七升飲

んだという。ま、そこいらが最高だと思ったら、「斗酒なお辞せず」なんという言葉があります。

一斗というと、一升瓶が十本ですね。そんなには飲めるわけがなかろうと思ったところが、いや本当にそれだけ召し上がるかたがあるんですな。

昔、長崎に珍景山という中国人の、絵を描く先生がありまして、この方が大変な酒豪、斗酒なお辞せずの方で……。

この方は大酒を飲むというので大評判。

その当時、相撲で、雷電為右衛門という、これもなかなかの酒豪でございました。

あるとき、相撲興行で長崎へのり込んできたので、雷電とひとつ、飲み比べをしようということになりました。

ある料亭で二人、差し向かいで、もちろんそばに、ちゃんと審判官がついております。飲むほどに、だんだんお互いに酔ってくるんでしょうが、さすがの珍景山先生も、どうにもうたまらなくなり、一斗飲んだときにはぶっ倒れて、ぐうぐう寝込んでしまいました。雷電がこれを見ていたが、風邪を引かしちゃいけないというので、蒲団を持ってきて、寝た上へ掛けてやり、その枕元へ坐り込んで、今度は自分一人で、またがぶがぶ飲みはじめて、とうとう二斗の酒を一人で飲んだという……大変ですねえ。朴歯の足駄をはいて、鼻歌をうたいながら帰ったというんですから、雷電という人は図抜けて酒にも強かったんでございますね。威張《えば》ったけれども、珍さんの方は、とうとう潰れちゃった……。

好きなかたというのはずいぶんありますけれども、いろいろ癖が出ましてね。泣き上戸、笑い上戸、怒り上戸……いろんな人がいる。よく宴会などで、召し上がりながら泣いている方がある。

べつに哀れなことでもないんですが、ぼろぼろ涙をこぼして、

「どうも、じつに僕は残念だ。口惜しいッ」

「また始まったな。泣くなよ……おい、よせ。なにがそんなに口惜しいんだ」

「何が口惜しいって、君、おれはそりゃァ、平社員だよ。しかし見たまえ、あの課長の鯛を……」

「鯛をったって、同《おんな》じじゃないか」

「同じじゃないよ、君。課長の鯛は……君、太っとる。おれの鯛はやせおとろえている。……じつに情けない」

なんてんで、なにもあなた、鯛を見て泣くことはないんですが、なにかにつけて涙が出るというんですから、不思議なもんです。

それからまた、愉快がってげらげら笑う人もあり。怒る人、いろいろでございます。

酒飲みは奴豆腐にさも似たり　はじめ四角で末はぐずぐず

なんという狂歌がありますが、中にはまた、大変朗らかになって、蟇口なんぞほうり出して、威張っている人がある。

「おうッ、どうでもいいようにしろいッ」

なんてなことを言って、あけてみたら二十円しかなかったりして……こういうのは大変面白い酒で、周りの人を陽気にさせます。

あたくしどもの仲間にも、ずいぶん酒好きな人がおりました。

四代目の圓生、この人もたいへん酒が好きで、あたくしは六代目でございますから代数から申しますと、ちょうどおじいさんになるわけです。四代目圓生の弟子に、四代目の橘家圓蔵がおり、その弟子があたくしというわけでございます。四代目圓生は、三遊亭圓朝の弟子で、落とし噺の名人といわれました。

じつに噺が軽く、落とし噺なぞは師匠の圓朝よりもすぐれていたといいます。とにかく、この人は、酒に強い方ではないのですが、少ゥしですが、飲んでいた方が噺を演るのに大変いいというんですね。

われわれなぞは、酒を飲んで高座へ上がりますと、息がはずんでどうにも具合が悪い。ま、たいていの人は、お酒を飲めば狂ってくるんですが、この人は不思議なことに、お酒を飲んでも何の変りもなかったそうです。

だから、かけもちの途中でも、ちょいッと間があると、一杯飲むというわけで……。

あるとき、本郷の若竹と、赤坂の梅の家という、二つの寄席を、かけもちの都合上どっちかを休まなければどうしても間に合わない。本郷の若竹といいますと、当時、東京でも指折りの、お客の来るいい席でした。それにひきかえ、赤坂の梅の家というのは、これまた客の来ない方では指折りで……。

われわれは、掛触れといいまして、半紙を八つ切にしたものへ名前が書いてあって、何処の席から何処へ行くという、その順序がちゃんと書いてあります。

それをもらったときに、梅の家てえのがあると、

「わァ、今度《こんだ》梅の家が入ってるよ」

なんてんで、顔をしかめた。それほど、この席は客が入らなかったんですな。

若竹か、梅の家か、どっちかを抜くんですが、四代目圓生は本郷の若竹を抜いて、梅の家をちゃんとつとめたんです。

どういうわけなのかというと、この梅の家の主人《あるじ》というのが、気が利いているというんですか、圓生がつとめるときにはお酒を一本、お盆へのせまして、わきにちょっとしたおつまみかなんかつけて、師匠に召し上がっていただきたいというんで、楽屋へ持ってくるんですよ。つ

まり……その酒が飲みたいわけなんでしょうね。あすこの席亭《せき》は、おれを大事にしてくれるからというんですが、考えてみるとこれは少しおかしいんで……。

赤坂を抜いて、本郷の若竹をつとめた方がお金がよけいに取れるんですから、何本でもお酒が飲めるわけなんですが、そこが酒飲みの面白いところで、やはり酒をそこへ出されるってえとその方へなにか引かれて……梅の家をつとめたという、これは有名な話でございます。

＊『一人酒盛』

江戸の名物

武士、鰹、大名、小路《こうじ》、生鰯、芝居、むらさき、火消し、錦絵。

そのほかに、まだ追加がありまして、
火事、喧嘩、伊勢屋、稲荷に犬の糞。

なんという。犬の糞なんてどうもあまりいい名物ではありません。

江戸時代には、江戸に大変野犬が多かったそうです。餌をやらなければいいんですが、江戸っ子は、腹を減らしている野犬をみると、かわいそうだから何か食わしてやろう、てんで餌をあたえる。そこでだんだん、野犬の数が増えていったんでしょう。

それから、伊勢屋、稲荷といいますが、伊勢屋という屋号がずいぶんありました。

これは、徳川様が江戸城へお入りになりましたときに、あとを慕って三河の国からついて来たものが大勢ありまして、これが土着いたしまして、商売を始める。したがって三河屋とか、伊勢屋とかいう屋号が多いわけで……。あまり多すぎて、ただ伊勢屋だけではわかりませんので、上へよろい伊勢屋だとか、ちきり伊勢屋だとか、あるいは伊勢喜、伊勢甚、伊勢茂なんてことをいう。

伊勢屋茂左衛門ならば伊勢茂、伊勢屋甚兵衛なら伊勢甚、というふうに、そういわなければ区別がつかないほど、じつに多かったものです。

それにお稲荷様というのも、大正十二年の震災前にはずいぶんありました。ちょっと細い路地などを入ってもそこにお稲荷様がお祀りしてありました。ところが震災のときに焼けてだいぶ少なくなったところへ、今度の戦争で殆どといっていいくらいなくなってしまいました。

それから武士。

これは江戸の武士がべつに強いというわけではありませんが、二百六十余の大名、旗本八万騎、そのほか、ご家人なんといいまして、お侍の数が非常に多かったので名物の中に入ったのでしょう。

次に鰹でございますが、この魚は江戸っ子がたいへんに賞味いたしました。関西では鯛を珍重がりますが、江戸では鰹でございました。

もちろん、江戸で鰹が獲れるわけではありませんで、小田原、鎌倉あたりで獲れたものを持ってくる。

どうして江戸っ子がそんなに鰹を好んだかというと、あの味なんでしょうね。なにかこう、食べたあとがサラッとしておりまして、ああいうところが江戸っ子の気に入ったんだろうと思いますが……その上へ初という字がつくと、いっそう珍重がりまして、

目に青葉山ほととぎす初鰹

鎌倉を生きて出でけん初鰹

*『鼠穴』

なんという句がございます。

名人上手

よく名人上手ということを申します。

「あの人はどうも、うまい。上手だ」

という。これはまァありましょうが、名人というのはこれは少ないもんで……まれにしか出

来るものではありません。

ところがどうも、われわれの方なんぞは名人がふえまして……名人会だなんといってね。なかにひどいのは、前座名人会なんという、噺家になって、三月《みつき》でもう名人になったという、じつに恐ろしい世の中になったものでございます。

近ごろはこの誇大広告というものがたいへんやかましくなったということを、新聞で拝見しましたが……。よく土地なぞを売りますのにいろいろと、便利でどうこうと能書きをつけましてね。どこそこの駅から徒歩でいくらでもないといっといて、行ってみたら四十キロあったなんてんで、これじゃあんまり近くはない。そういうようなことがいくらもあるんでございます。ま、上手だ、うまいというのは、これはできましょうが、本当に名人というものは少のうございます。

あたくしも小さいときから落語は沢山聞いておりますが、本当に名人だなと思ったのは、四代目の橘家圓喬で、大正元年、四十八で亡くなりましたが、いやこれは、実にもう非の打ちどころのない、すばらしい芸でございました。それでも当時、お年を召した方に伺いますと、その圓喬も、圓朝に較べるとやはり下だということを言っておりました。

明治時代に、榊原健吉という剣道の先生がおりまして、この人は据物斬りの名人といわれ、陛下の前で兜を割ったといいます。

あの鉄でできた固い兜を真ッ二つに斬るというんですから、これはよほどの技でなければできることではございますまいが……この方が批評なすったのに、圓朝は正宗だという、それから、圓喬の方は刀でいうと、村正だといったそうですがこれなぞは、非常に面白いたとえだと思います。圓朝には品格があったのでございましょう。ま、ともかくも聞いてうまかったものでございます。そのほかは確かに勝れてはいるが名人ではなく、やはり上手、うまいというんでしょうが、何の道へ入りましても、なかなかその、ものに抜けるということは容易ではございません。

＊『文七元結』

豪商一代

人間、一代に巨万の富を作りあげるというのは、これはやはり、その方に徳というものがなければそういう金は授かるものではございますまいが……。

まァ、名前が残っておりますのが、銭屋五兵衛とか、江戸では紀伊国屋文左衛門。

この人は、一代で百万両の金を儲けたといいますが……いまの百万円ではございません。昔の百万両というんですが、どのくらいの価値になるんですか、われわれにはちょっとわかりませんが、何百億という金なんでしょう。

だいたい、紀文という人はみかんで儲けたんだそうですが、それをまた倅が一代で全部費《つか》ったという……。

もともと、みかんで儲けたから身上《しんしょう》が種なしになったんだろうなんてえことをいいますが、それじゃ紀州から出ないで、温州《うんしゅう》から出そうなもんですがね。でも温州では一万両にもならない。初めっから種がないてんですから……。

大阪へまいりますと、淀屋辰五郎という人が一代に巨万の富を築いたといいます。小揚げの人足だったといいますから、まァ自由労働者でございます。それが大変な金を残したという。

大阪には、淀屋橋という有名な橋がありますが、あれは辰五郎が一人で架けたといいます。川上《かみ》へまいりますと浪速橋、川下《しも》へ行くと肥後橋、どっちかへまわらないと、中之島へ渡ることが出来ない。ここへ橋がないと不自由だというので、淀屋が架けまして、屋号をそのままに淀屋橋と申します。

そばに淀屋小路というのがある。関東と関西とではとなえが違いまして、江戸では小路《こうじ》といいます。広小路《ひろこうじ》、浮世小路、式部小路など……それが、向こうでは小路《しょうじ》と申します。

あの淀屋小路というところは、もと貧民窟だったんだそうで、貧乏人ばかりが住んでおりました。ここへ出入りしている米屋から薪屋、炭屋、八百屋、あるいは魚屋、そのほか日用品全部の払いは、この淀屋辰五郎が一手に引き受けて払っていたといいますからずいぶん大きな慈善事業でございます。

しかし、そのくらい善いことをしても、やはり華奢にふけったという……町人の分際をもって奢りに長じ、不埒至極であるというので、財産はすべてお上へ没収、その上三箇都《さんがのつ》おかまいという……京、江戸、大阪、この三つの都会へは住んではならんというんですが、いやどうも、ひどいもんですね。自分で儲けた金を自分がつかって遊ぶのに何の差し支えもない、いまの理屈からいえば馬鹿げたことでございますが、昔はそんなことは通らない。

辰五郎は追放、さしもの淀屋も一代限りとなってしまいました。

＊『雁風呂』

一日三千両

芝居のそもそもの始まりは、ご案内でもございましょうが、出雲の阿国《おくに》という人が念仏踊りというものを京都で初めて行いまして、それから歌舞伎ができたと申しますが……。

最初はご婦人ばかりでしたので、風紀を乱すというような廉《かど》でこれがいけないということになる。次に若衆歌舞伎、つづいて野郎歌舞伎……これは男ばかりでございます。それから歌舞伎狂言というものがおいおい盛んになってまいりました。

芝居では、昔から四国というところが芸どころとして知られております。とりわけて阿波というところ。阿波人形、阿波芝居、阿波浄瑠璃、阿波踊りなど……。まァ、あちらでは小さいうちから、女のお子様なぞは三味線のお稽古をいたします。もし、三味線も弾けないようだと、嫁にやって恥をかくというんで、昔はこぞってお稽古をさせたそうですが、ちょっとした遊びも歌舞伎めいているというわけで……。

江戸では葺屋《ふきや》町というところに先ず芝居小屋ができました。葺屋町というと、ただいまの人形町のところ、あすこには芝居のほか、吉原がございました。しかし、江戸の中心地ですから繁華になってくるにつれ、こういうものをおいてはならんという幕府の方針で、吉原は浅草の方へ引けまして、これが新吉原となりました。

そののち、芝居のほうも、花川戸の先の、猿若町に移りまして、中村座、市村座、守田座、これを三座といいまして芝居興行をすることになりました。

当時この、三千両という言葉がありまして、一日に三千両の金を使う場所を詠んだ川柳がございます。

日に三箱散る山吹は江戸の花

日に三箱鼻の上下へその下

これは何のことかてえと、鼻の上……目で見るものは歌舞伎、それから鼻の下の口で食べるのは魚河岸、それに、へその下の……吉原、この三カ所には、一日に千両の金が落ちたというんですね。今の千円じゃありません。物価が違いますから……当時の千両といやァそれは莫大なものでございます。

まァ、細かい計算をして、三カ所に同じように金が落ちたわけではないんでしょうが、たとえにもせよ、芝居もなかなか盛んだったのでございましょう。

＊『なめる』

音曲噺

音曲師といえば、ただ唄をうたうだけだと思召すかも知れませんが、噺家でございますから、やはり落語ができなければいけないわけで……。

まァ、あたくしどももおぼえまして、最後の音曲師だと思いますのが、柳家枝太郎というこれは戦災のときに亡くなりましたが……もとは、初代圓右の弟子でございましてうさぎといいましたが、柳派へまいりましてのちに枝太郎になりました。

この人は、音曲噺はたいてい一通りはやりまして、唄ったあとで、『両国』という、両国の花火を唄い込んだ大津絵（大津絵節）があります、あれをお得意にしてやっておりました。格別、音曲がうまいというわけではありませんでしたが、とにかく一流の唄をうたいまして面白うございました。

三遊派では、三代目の三遊亭万橘という人が、この人とはあたくしもずいぶん一緒に商売をいたしましたが、噺もなかなかできましたし、音曲もいい声でございました。なかなか高い調子の出る人で、若いうちは七本くらい高い調子で唄ったといいますが、とにかく、噺もでき、音曲もできる、それを本当の音曲師というんでございましょう。

音曲噺というものがいくらもありまして、中に唄がある、あるいは音曲でサゲがつくという、それを音曲噺と申します。

＊『汲みたて』

花見の趣向

桜というのはまことに結構な花でございますな。

敷島の大和心をひと問はば　朝日に匂ふ山桜花

という歌がございますが、桜は日本の象徴とされております。

ほかのものはみな、何の花、といわなければわかりません。梅の花を見に行こうとか、牡丹の花を見よう、菊の花を見よう……いちいち、名前をいわなければわかりませんが、ただお花見といえば、これは桜に決まっておりまして、

「どうだい、ひとつ、お花見に」

「けっこうだね」

なんてんで、すぐわかりますが、まァ見る人によりましていろいろ、花の見方も違うようですな。

なにごとぞ花見る人の長刀

お武家様が見るとなんとなく、花が武張ってくる。

お商人《あきんど》が見るてえと、花が少しぞんざいになりますな。

「おい、金太、見ねえ。花が盛りだ」

「おう、めっぽう咲きゃァがったな。このすりこぎが」

なんてんで、桜のすりこぎなんてえのはない。

やい桜咲きゃァがったか畜生め　汝《うぬ》がおかげで今日も日暮し

なんという狂歌がありますが……。

また、ご出家なんぞが、お花見をなさると、なんとなく花が陰気になってまいります。

「ああ……見事に満開いたした。この花もいまが盛りであるが、一度、嵐にあえばたちまち、落花いたす。

明日あると思ふ心の仇桜　夜半に嵐の吹かぬものかは

……なむあみだぶつ……なむあみだぶつ……」

なんてんでね、引導を渡された日にゃァ、たいていの桜は枯れてしまいます。

昔はこの、お花見の趣向にはいろいろにみな、苦心をしたもので、いまもやはりお花見なぞで趣向はいたしますが、商売の宣伝が多うございましてね、なんとなく欲があっていけません。昔はそんなことはない。ただ、変った趣向で、ひとつ人の目をおどろかしてやろうという単純無垢な気持ちからで、中にはずいぶん奇抜なものがありました。

ご亭主が首から一升徳利をぶらさげ、この先へ三尺帯《さんじやく》を結わえまして、四つん這いになって、これは馬でございます。おかみさんのほうは片肌脱ぎで、ちょいと乙な長襦袢かなんかを、片棲はしょって出しまして、手綱がわりの三尺帯を持って、向こう鉢巻。これが馬にまたがって、ところどころで立ち止まり、婀娜《あだ》な声で小室節なんぞをやるから、見物は大喜びで、

「おう見ねえな。いろんなものを見たけれども、これはまた変っているねェ。ああ、おかみさんの馬子もいいが、ご亭主の馬もそっくりだぜ。……ようようッ、ご夫婦、ご趣向でげすよ」

これを聞いて、おかみさんがにっこりして、

「お前さん、たいへん評判がいいよ」
「そうかい。じゃァおっ嬶ァ、そのつもりでしっかりやっとくれ」
馬鹿なやつがあるもんで、麻布から向島まで這って行ったら、向こう脛をすりむいちまったってんで、世の中にはずいぶん世話のやける人があるもんで……。しかしまた、江戸時代には、こういう洒落ッ気のある人間が多かったということでございますな。

＊『花見の仇討』

新宿の遊女屋

新宿の遊女屋がありましたところが新宿追分という……いまは追分といってもご存知ないかも知れませんが、伊勢丹の前の交差点、あれが起点でございまして、道が二つにわかれます。右のほうが青梅街道、左へ行くと甲州街道。

新宿の遊女屋というのはたいへん繁昌したもので、追分のところから、新宿御苑の正門のちょっと手前のところまで続いておりました。

吉原やなんかと違いまして表通りからは見えないように、もちろんこれは明治になってからのちのことだろうと思いますが、塀のように周りを囲ってありまして、それを曲がっていかないと中へ入れないようになっていたもので、あれは丸見えになってはいかんというのでそういう造りになったんでしょう。

女郎屋というものを、あたくしは小さいときから出入りをしておりましたからよく知っております。というのは、あたくしの母がこれらの遊女屋に義太夫を教えておりまして出稽古に行く、そのあとについて、あっちこっちの女郎屋によく入っていったことがあります。

その当時、あすこはたいへん長い名前で、東京の内《うち》ではありませんでした。東京府下豊多摩郡内藤新宿大字角筈という……通りからちょっと裏通りへ入りますと、一面の田圃でして、いまは繁華街になっておりますがあの歌舞伎町、あすこあたりはたしか田圃か畑だったんです。子供のころ、いいいなごなんぞを取りに行ったことをおぼえております。

「四谷街道、馬の糞」なんていう悪口があったくらい、ごく淋しいところでした。

あの新宿の通りは、牛や馬を引っぱって歩く人たちが多かったもので、親牛が先へ立ちまして、子牛へ順に縄をつけて、ぞろぞろとあとの牛を引っぱって行く。これを泊める宿屋がありまして、稲毛屋というのともう一軒は万中《まんちゅう》といいました。もちろん、それを引いてきた馬喰《ばくろう》も泊まれるようになっておりました。沢山の牛や馬をつないでおくだけの設備がちゃんと中にありました。

そういうわけでなにしろ埃っぽくて大変な田舎だと思っておりましたが、それがだんだんと移り変っていまの新宿という賑やかな街になりました。

女郎屋の見世はずいぶんありましたが、伊勢丹の前に丸井という店があります。あすこのところがちょうど新金《しんかね》という女郎屋で、これは新宿でもいちばん大きい見世でした。

その当時、「鬼の新金、鬼神の丸尾、情知らずの大万《おおよろず》」という唄がありまして、どういうわけなのか、子供のときはわかりませんでしたが、これはつまり抱えの遊女に対する過酷な取り扱いを唄ったものらしいですね。この三軒の見世はとくにひどかったのでしょう。

＊『文違い』

大欲無欲

人間というのは、あまり欲が深いというのは間違いのできるもので、

欲深き人の心と降る雪は　つもるにつけて道を忘るる

なんという歌がございますが……。

欲というのはどなたにもありますもので、「おれはもう、無欲だよ」なんてえことをいいますが、まァ、本当の無欲の人なぞないといってよろしいんだそうで……。

人間、生まれまして少ゥしこう手が動《いご》いてくると、お母様のおっぱいを召し上がりながら、

片っ方のあいてる方の乳を片手を出して押さえる……あれがもう、すでに欲の始まりだてえますが……あれは、自分の乳だから人にとられないようにというので、あいてる方の手で押さえているんですな。これからだんだん大きくなるに従って、欲のほうもふやけていくんでしょうが……。

仮に千円と一万円の札を出して「どっちでも、お前のいい方をやるから、お取り」と言われる。誰だって欲のないものはない。「じゃ、まァ、どうせもらうんなら、一万円を」なんてんで、多い方へ手を出すもんで……。

まァ、あたくしは自分で申しますとおかしいようですが、欲がございません。

「圓生、お前、どっちでもいい方をお取り」

てんで、千円と一万円をお出しになれば、あたくしはもう、必ず千円の方を頂戴する……で、あとから一万円も戴きたいという……へへ、まことにどうも、欲のない人間で……。

これは明治時代、本当にあった話でございますが、ある人が一生懸命に、コツコツ一人で稼いでは金を貯める……もちろん、一戸を構えれば無駄な入費も出るからというので、三畳の部屋かなにかを、二階借りでございます。

稼いだ金をどういうわけか銀行へは預けません。もし、つぶれでもしちゃァ大変だというので、大事に手元へおきまして……だんだん増えてきたからというので、竹行李……ふつうは着物を入れとくもんですが、あれを買って来まして、この中へ入れる。

夜中にこっそり起きて、座敷へ、たまったお札を一枚一枚、ずうっと並べてみる。だんだんふえていく……もうこれが当人には何より嬉しくってたまらない。また稼いではこの行李の中へ入れる。

そのうちにあなた、お札はふえる一方ですから、座敷いっぱいになる。もう奴さん、大喜びで、だんだんあとへ下がって並べているうちに、二階からころがり落っこってそのまま死んだというんですが……どうも世の中には不思議な人があるもんでございます。

＊『夢金』

雪うさぎ

「小児は白き糸の如し」というたとえを申しますが、まことに子供衆というものは、何事によらず染まり易いですな。それがために、まァ、いろいろ教育には苦労するんだといいますが、よく育てようというにはこれは骨の折れることでございます。

孟子の母は、子供を育てるために、三度も家を替えたといいますが……まァ教育もありましたろうが多少はやっぱり、家賃の関係があったのかも知れません。

童心というものは、子供というものは、大人とはまた違った解釈をするもので、

「坊や、なんだってお線香を見てるんだい。そんなに面白いのかい」

「うん。これ落ちるとね、また生えてくるよ」

なるほど、点《とも》ってだんだん灰になるのが何か生えてくるように子供には思えるのかも知れません。

雪が降ったので雪うさぎをこしらえてやると、喜んでいたが、しばらくたつとわァわァ、泣き出した。

「どうしたんだい」

「あーん、うさぎが表で寒いと思うから、家ン中へ入れてやったら、おしっこをして逃げてっちゃったよ」

なるほど、子供らしい無邪気な発想でございます。

＊『双蝶々』

べらぼう

ただいまと違い、昔は、この職人というものはまことに乱暴な口のきき方をいたしましたも

ので、それになんだってえとこの、江戸ッ子は「べらぼう」なんてえましてね。

あのぼうというのはいったいどんな棒なのか、拝見したことはありませんが、喧嘩になったりすると必ず、こいつを振り回すようですな。

「何を言ってやんでえ、べらぼうめ」

なんてなことを言ってね。

べらぼうってのは何ですか……ある人に聞いてみたら、ありゃその「へらぼう」と言わなくちゃいけないんだそうです。

どうしてといったら、あの御飯を練りまして糊を作る、続飯《そくい》といいますが……あれを練るときのへらの棒のことをいう悪口なんですね。

「きさまは飯をつぶすだけの役にしきゃ立たない。へらの棒みたいなやつだ」

そこで「へらぼう」というんだといいますが……どうもね、これじゃたんかにならない。

「何を言ってやがんだ、へらぼうめェ……」

なんて、これじゃ腹がへってるようで、さまになりません。

＊『二十四孝』

背負い小間物屋

昔ありまして現在《いま》なくなった稼業はずいぶんございますが、小間物屋というものも当節ないようでございますね。だいたい、若い方は、小間物屋というのはご存知がありません。

これはご婦人のお使いになる品物を背負ってほうぼう、商いに歩きましたもので、白粉、紅、櫛、笄《こうがい》、あるいはかんざし、そのほかにもいろいろ持ち物なぞを持ってまいります。まァいえば、セールスマンでございますが、お得意という、ちゃんと自分のお客様が決まっていたもので、かりに五十軒なり、七十軒なり、お得意があります。で、それへまんべんなくちゃんと、あすこではもうあの品がなくなったなと思う時分にはご用伺いに行くというわけで……。そのときに、このほかに何かこういうものが欲しいのだが、とお客様からご注文がある。

「はあ、さようですか。へェへェ。何とかいたしましょう。あたくしが見《め》っけてまいりますから」

なんてんで、やはりそこは商売商売で、そういうあなを知っているんですか、ちゃんとその品物をととのえて、届けて持ってくるという、調法なものでございます。

だいたいはこの、背負って歩くのが多かったんですが、またちゃんと店のあったところもございます。

「白牡丹」とか、あるいは本郷には「兼安」なんという有名なのがありまして、これはもう大きいお店で、お客様がそこへ買いにおいでになる。これは卸屋でもあった店です。

あたくしがいま申し上げるのは、背負い小間物といってお得意をまわるものでございますが……。

箱の深さが、だいたい六センチくらいですかな。で、横が六十センチくらい。真四角ではなかったと思いますね。五十センチに六十センチといったような、ま、そういう箱をいくつもいくつも重ねます。ちょうど人間が坐って胸のあたりまであるような高さのもので、その中には、いろいろ品分けをいたしまして、白粉、紅、櫛、笄、かんざし……まァそのほか、ご婦人がお使いになるような品物をとりそろえて持っていくというわけで……。

人間のたけりまである小間物屋

という句がありますが、たけりというのは、これは男性の陽物でございます。その形をしたものを持ってくる。これを張り形といいましてね。いろいろあるんだそうですが、あたくしはあまり使ったことがないから知りませんが、これはご婦人がお使いになるんだそうで……。

かの元へかの品そえて小間物屋

長いのは流行《はや》りませんと小間物屋

越前は一本もない小間物屋

小間物屋にょきにょきと出して見せ
生きもののように扱う小間物屋

なんという、いろんな句がございます。

まあ、そういうような、ご婦人のお使いになる品を取りそろえて行商に歩くというのが、背負い小間物屋でございます。

＊『小間物屋政談』

女親の嘘

昔から、「あの人も立派なもんだねえ。あれでもう、一人前だ」と言われるのには、こりゃなかなか大変でございます。自分では一人前になったと思っている、ところが世間ではどうも半人前にもならないてんで……生涯それで終わるものもありまして……。

奉公というものをいたしますが、いまと違いまして月給なんてものはもらえません。小僧奉公にあがり、その職なり、商売の道を教えていただくというので、十年の間無給で働いたあと、さらに一年のお礼奉公をする。だから都合十一年は無給《ただ》働きでございます。

ところが、貧乏人は案外簡単に子供を奉公にやりますが、さてお商人《あきんど》などでも立派な商売をして財産もあるという、そういうところでは、お父っつァんが思いきってなかなか出せないんですね。

偉い方だと、同業の、この人ならばというお店《たな》へぽんとあずける。てまえどもの伜をよろしくお願い申します、というわけで……。

旦那なり、番頭さんは知っていますが、朋輩同士の小僧になれば、こりゃ二人や三人じゃない。大店とくれば大勢おりますから区別をつけるわけにはいかない。金持ちの坊っちゃんでも、貧乏人の伜でも五一《ぐいち》、三六《さぶろく》でございますから、上の者からはいじめられ、また若い衆になれば大勢番頭さんもいるから、これらへ気兼ねをして、さんざん辛い思いをする。そしてつとめ上げて帰ってくる。

　ここまでくればもう本物でございますから、お店の方へも立派に役にも立ち、またご自分が主人になったときには、小僧というのがどんなに辛いものであるか、若い者はこうこうだということを身をもって体験しておりますから、思いやりもあり、したがって商売もそこで十分にできるというわけでございましょう。

　ところが、家がいいと、小僧奉公に出すのもかわいそうだからてんで、世にいう「親馬鹿ちゃんりん」てえやつ。手許へおいて仕込んだらよかろうてんですが、こりゃァいけません。若旦那とか、はちの頭とかいわれて、人からはちやほやされる。金もあるし、年ごろになればこいつをごまかして遊びに行くてえやつでね。

ところが、おっ母さんてえものは、どこでもたいてい甘いもので、川柳にもありますね。

女親伜の嘘を足してやり

「まァまァ、お父っつァん、あなたのようにそうやかましいことをおっしゃってもしようがございませんよ。いいえ、だいたい伜《これ》は口下手でございますから……、そのお金もねえ、道楽で使ったわけじゃないんですよ。『おっ母さん、じつはこれこれこういうわけで、あのお金を使ったんですが、お父っつァんは知らないから怒るでしょう』なんて、あたくしに話をしたんでございますから。……お前、何故お父っつァんへそれを言わないんですよ。まァお父っつァん、まァ、小言をいわないで……」

てんで、おっ母さんは伜と共謀してね、ありもしない嘘を足してやってごまかすという……。

母親はもったいないがだましよい

なんていいまして、なんか金を引き出すときなんぞはおっ母さんの方が至極都合がいいもんで……。

「おっ母さん、まことに申しわけございませんが、あたくしは今日限り、切腹をして死にます。どうかお許し下さいまし」

「まァ、お前。どうおしなんだね、切腹をするなんて……」

「いえ、じつは悪い奴から二百両の金を借りまして、今日までに返さなければ貴様の命をとる、といわれておりります。いろいろ工面もしてみましたがどうしても出来ませんので……ですが、あたくしは手をつかねて斬られるまでは待ちません。男でございますから、立派に腹を切って死ぬ覚悟をいたしました。ごらん下さいまし」

もろ肌を脱ぐと、お腹のところへ墨くろぐろと十文字がかいてある。

おっ母さんがびっくりした……。

「まァ、お前、腹を切るなんてとんでもないことを……いえ、まァ、少しお待ち」

あわてて自分の部屋へ行ったが、

「さァ、お金がここへ百両ありますから、どうかお前、そのお腹のすじを消しておくれ」

「でもおっ母さん、借りが二百両でございますから、百両ではどうにもなりません」

「まァまァ、とにかく、縦《たて》のすじだけ消しておくれ」

って、こりゃなるほど、母親らしい情でございます。

＊『唐茄子屋』

願人坊主

あたくしの子供の時代にはずいぶん乞食が多かったもので、少ないときでも一日に四、五人くらいは来ておりました。そりゃまァ、一様ではない、いろんなのがありましてね。こわかったのはあの廃兵という……日露戦争のあとで、白衣というんですか、あれを着て入ってくる。これはものをもらうんでも大変威張《えば》ってましてね。じつにどうもさまざまな乞食がありましたが……。

江戸時代にはまたずいぶん多かったんでしょうが、願人坊主《がんにんぼうず》なんてえのがおりまして、これは頭を丸く剃っておりますが、お経もなんにも知らない。こりゃもう、ただ金をもらうために剃ったというようなもので、なんだかわけのわからないことを言ってね。

門口へ立ちまして、

「ほォ……ォ」

と言う……。それよりほかに知らないんですから。「ほォ……ォ」と言ってりゃ、お経らしく、聞こえます。

「ほォ……ォ」

「出ないよ」

「ほォ……ォ」

「出ないよ」

「ほォ……ォ」

「うるせえな。出ねえンだよ！」

「ほォ……ォ……」

「お？　こん畜生め、声を張り上げやがったな。だめだい、出ねンだよ！　こん畜生め。まごまごしやがるってえと踏みたおすぞ」

「なんだねえ、お前。そんな荒いことを言うもんじゃないよ」

「だっておっ母ァ、しつこいじゃねえか。こっちは出ねえ出ねえと言ってるのに、いつまでも唸って……」

「まァ、お前はね、としが若いからがみがみお言いだが、弘法大師というお方は、いまだにお前、粗末なお身なりで、ほうぼうご修行なさるということを、あたしはこないだお寺様でうかがいましたよ。もしも、あの方が弘法様ならお前、罰《ばち》があたるよ」

するとこの坊主、ぬからぬ顔で、

「我れは包むと思えども、この家《や》の老母にさとられしか」

「そら、ごらんよ。お前、あの方は弘法様なんだよ。もったいない……」

「何を言ってるんだな、おっ母ァ。あの野郎は、この先の木賃宿にいる乞食坊主だァな」

やはりすました顔で、

「ホイ、またさとられた」

世の中には、人を食った奴もあるもんで……こういうのを願人坊主といいました。

＊『骨違い』

さあことだ

落語の中によく使われますのが、川柳《せんりゅう》でございます。

これは古いもので、享保三年に生まれました柄井八右衛門、雅号を川柳という人が、『川柳万句合《まんくあわせ》』というのをはじめたのがそもそもの始まりでした。

この人は俳諧の点者でございまして、前句付という、題がありまして、これに面白い句をつける。これがものはづけなどのもとでございます。

これが宝暦七年ごろといいますから、柄井八右衛門が四十歳ぐらいだったと申します。

これがたいへん評判になりまして、それまで前句付、万句合といっていたのを、この人の名をとって川柳というようになったといいます。のちにこの川柳が選んだ『川柳万句合』がまことにすぐれているというので、面白い句を呉陵軒可有《ごりようけんあるべし》という人が『柳多留』に選んでまとめました。

前句付だとか万句合だとか、いろんなものがあったんでございますね。前の五字だけ先にこしらえておいて、そのあとに七文字、五文字をつけたという。

たとえば、「さあことだ」という題を出しますと、これにちゃんと合う句を考えるわけで、

さあことだ下女鉢巻を腹に締め

昔は、山出しの女中なぞはなにか力仕事でもしようというときは、向こう鉢巻をして「やあッ」ってんで、重たいものを持ち上げようという、なかなか勇敢なのがおりました。で、これがいつか妊娠をいたしまして、頭に鉢巻を締めないで腹に締めたという。

さあことだ馬が小便渡し船

これは、乗合船は馬も人間も一緒に乗っけて向こうへ渡ろうというわけで、中程にくると、お馬がじゃァじゃァ放尿《はじ》めたんですが、船の中じゃ逃げることが出来ない。周囲の者はえらい迷惑をこうむったというわけで……こういったようなものがありました。

それからまた、うしろへ文句ができていて、その前をつけるというのもありました。

たとえば「切りたくもあり、切りたくもなし」という題が出たとします。これには、「盗人を捕えてみれば我が子なり」というのをこしらえた。

盗人を捕えてみれば我が子なり　切りたくもあり切りたくもなし

という、これは親子の情をうたったものでございますね。

で、そういったものからべつに独立をいたしまして、十七文字で立派に、ちゃんと事柄がわかるように作ったものが、これが川柳だというわけです。

＊『紫檀楼古木《したんろうふるき》』

縁の不思議

昔からご縁ということを申します。

縁は異なものさて味なもの　独活《うど》が刺身のつまになる

という都々逸《どどいつ》がございますが、なるほど、縁というものは考えると妙なところにあるものでで……。

袖ふり合うも他生の縁

つまずく石も縁の端

石にけつまずいて生爪をはがすことがありますが、これも縁のうちだといいます。考えりゃどうも、少し痛い縁で……。

それから面白いのは、あの大きいものと小さいものが一つ店《うち》で商売をいたします。大海で獲れる鯨、あれは大変大きなもので、それが、どぶのような中でとれるどじょうと、割看板で「どじょう汁」「くじら汁」といってね、一つの店で商いされるという、これも考えりゃ面白い縁でございます。

ご夫婦というのは、これはまた別のものでございまして、東京でお生まれになった方は必ず東京《こちら》の方と縁を組むかというとやはりそうではございません。これが思わぬ遠方からお嫁さんをとるとか、お婿さんを迎える、またいままでは、外国の方と結婚をなさる方もあるというわけで、これみな、縁のものでございます。

町名《まちな》では、日本橋から京橋にかけて、武器に縁のある名前の町がたくさんある。

槍屋町、鎧橋、兜町、鞍掛橋、馬喰町、なんという、こういうのはみな武器、武具でございます。

それから浅草の方へ行きますと、三味線という楽器にたいへん縁があります。

浅草下谷、三味線堀というのがあって、そばに三筋町、同朋《どうぼう》町、天神がございまして、またこっちへくると駒形がある。不信心をした者は罰《ばち》(撥)があたるなんという、これァ三味線にたいへん縁がございます。

また、牛込というところはお神楽に縁がありまして、まず有名な神楽坂。その上に岩戸町、宮比町……岩戸神楽、宮比神楽とそろっております。坂をおりるとその昔、橋があって、これを俗に「どんどん」といいました。

そばに林様というお旗本があって、殿様の顔がひょっとこに似て、奥さんがおかめのようで、しじゅうもう夫婦喧嘩が絶えない。聞いてみたらご内所が大変、ピーピーだったなんという……これァお神楽でございます。

一から十までそろった縁というのがあります。

市谷、二長町、山谷、四谷、五軒町、六間堀、七軒町、八丁堀、九段に十軒店。

それから麻布というところは、腫物《おでき》というものにたいへん縁があります。あまりきれいな話じゃありませんが、ことのついでに申し上げますと、根太坂《ねぶとざか》という坂があって、その途中に養仙寺に長仙寺というお寺が二軒並んでいたんで……これをつめると、癰《よう》、疔《ちょう》、根太《ねぶと》というわけで、坂の下に「いたみや」という、これは伊丹の方《くに》から出ましたんでしょうが、大きな酒屋がありまして、そばに紙谷町というのがある。これはまァ、腫物には必要なもので、紙谷町。坂の上に公儀のご番所がありましてそれが長いからというので、つめて公役番所といったそうで、そばに吹出町……もう腫物も吹き出るようになっちゃどうにもしようがありません。坂をあがりますと、お天気のいい日には品川の海（膿）が見えたというんですが、どうも汚い縁があったものです。

それから、まァ申しあげたように、弟子、師匠というのも、これもやはりご縁でございましょう。ああいうところでひとつ、稽古をしてみたいなんといっても、やはり縁がないとそこへ行くわけにいかず、また芸がうまいから必ず流行《はや》るというわけでもなく、あんな下手な師匠でどうしてあんなに弟子がくるんだろうなんといいますが、やはりまァ、そういう人は徳を持っているんでございましょうが……。

ま、とにかく、唄の師匠、踊りの師匠というのは、昔はずいぶんおりましたもので、いずれも年が若く、器量もいい師匠だてえと、弟子が大勢来ましてね。こういうのは蚊弟子なんてえことをいいます。

どういうわけだてえと、夏になって蚊が出てくると夜なべが出来ないから、まァ涼みかたがた稽古でもしてみようなんという……。秋口になって夜なべが始まるともう忙しくなるので稽古の方はおろそかで、商売の方へ今度は熱を入れる……蚊の出る時分に来て、いなくなる時分にはすうーっと消えてなくなろうという、こういうのを蚊弟子と申します。

中には冬まで居残りをするやぶッ蚊なんぞもあり、師匠を張るというところから経師屋連、それに狼連……転んだら食おうなんて、どうも物騒な弟子があるもんで……。

で、それが師匠にちょいと乙な人ができたとか、亭主を持ったなんてえと、このお弟子ががたりと減るてえのは妙なもんでございます。こういう連中は、やはり下心があるんで、主《ぬし》ある花になるとがっかりするんでしょうな。

＊『猫忠《ねこただ》』

三題噺

三題噺といいまして、これは三つの題をお客様からいただいて、一席の落語《はなし》にまとめるというもので、この三題噺の祖は三笑亭可楽という人から始まったと申します。

天明時代に烏亭焉馬《うていえんば》という人が落語を再興いたしまして、当時初代の三遊亭圓生、あるいは三笑亭可楽などという人が出てまいりまして、下谷の孔雀長屋というところで初めて寄席の興行をいたしました。

それまでは、ただ文人の間で座興にこんなものをやっていたんですが、このとき初めて入場料をとりまして、興行物として、おいおいにお客様もおいでになるようになりました。そこで、どうかして大入りをとりたいというので、三題噺というものを始めました。これは即席に落語にまとめるというんですから大変面白い。そこでお客様も集まり出したというわけで……。

だいたいこれは、題はなるべくわかれている方がいいんですな。何かこう、こんなものじゃとても付かないだろうというようなものをうまく一つにまとめるというところに、演者の腕があり、手柄にもなるわけです。また、お聞きになる方でも面白いという……ずいぶん残っております。

あるとき、ある場所《ところ》で「お囲い者」という題が出ました。いま若い方に囲い者なんていっても、野菜かなんか囲ってあるんだとお間違いになるかも知れませんが、そうじゃない。囲い者というのは今でいう二号さん、お妾でございます。これを囲い者、あるいはお囲い者といいました。

もう一題が「三月の節句」。これは大変きれいな題で、「お囲い者」に「三月の節句」という、こりゃ大変つきやすい題でございます。

「ええ、もう一題、どうぞお願いいたします」

と客席へ向かっていうと、皮肉な人が、

「佃島」

って声をかけた。

佃島……こりゃちょいとはなれ過ぎて具合がわるい。「佃島」「三月の節句」「お囲い者」では、はなれてしまってまとめにくいだろうと思う……ところがこれをサゲにいたしまして、うまく一席にまとめたという噺がございます。

ある旦那様が、この方は大変浮気でございまして、お妾をおくと、奥さんがこれまた名代の嫉妬者《やきて》ときている。すぐ嗅ぎつけて、妾宅へあばれ込んで、ドガチャガにして無理やり別れさしてしまう。

しばらくたつと、旦那がまた他所《ほか》へお囲い者をつくる……、これを聞くてえとまた暴れこむという。こういうことが二度や三度ではないので、もう旦那の方でもすっかりあきらめて、これはしょせんいけないというので、近ごろは浮気もなさらず、大変おとなしくなったというので、奥様も喜んでいる。

ところがある日のこと、女中が慌ただしくとびこんできまして、

「ちょいと、奥様、大変でございますよ。あたくしがいま聞いてまいりましたの……え？　いいえ、なにじゃございませんよ。旦那様がまたお囲い者をなさいましたの」

「まァそうかい……あたしはちっとも気がつきませんでしたよ。ふーん……どこへ？」

「それがあなた、憎いじゃございませんか。佃島なんですよ」

「佃島とはまた、妙なところへお囲い者をおいたものだねえ」

「いいえェ、それというのは、あなたがお船をおきらいでございましょ？　ちょっとでも船へ乗れば、すぐに気分が悪くなる、めまいがする、とおっしゃってお船へは乗らない……それを旦那様がご承知ですから、あなたのこられないところというんで、佃島へお囲い者をなさったてえんで……まァ、あたくしも聞いただけで本当に口惜しくなりましたわ」

「まあ……腹が立つねェ。よくもそんなところへ……いいえ、いいよ。あたしは行きます」

「でもあなた、お船へは乗れないとおっしゃってるのに……」

「いいえ、船に乗らなくったって行かれますよ。三月のお節句は大潮で……ね？　潮が引いたときに、あたしゃ海の中を、ぽちゃぽちゃ、歩いて行ってやるから……」

「それは奥様、無理ではございませんか」

「あら、どうして？」

「旦那様さえ、首ったけですもの」

という……これが、三題噺でございます。

＊『鰍沢《かじかざわ》』

塩花のはじまり

昔、中国の秦の始皇帝という方は、阿房宮というのを建てまして、これへ三千人の美女をおいたという……これは買いに行くんではない。ご自分のお妾なんですから、まことに結構なもので……。

しかし、なにしろ三千人てんですから、大変な数ですよ。一晩一人ずつ行ったとしても全員消化するにはずいぶん長い月日がかかります。歩いたのかというと、そうじゃないんですってね。

両側に、ずうっと女の家がある。お化粧をして、みんなきれいに居並んでいる……そこを牛の背中に乗りましてね。始皇帝が長い煙管かなんかで煙草をぱくぱく吸いながら、素見《ひやか》して歩く……へへへ、ひやかすってこともありませんが、美人の顔を見ながらいい心持ちになって、涎かなんか垂らしながら、乗っけてる牛のほうも涎をたらしてる。そうして、今夜はここに泊まろうというところで牛を下りるわけですね。

ところがどうも、みんなそろって美人なんですからつい目移りがしてしまう。さあ困ったんで……どうしようという。役人にこれを決めさせようと思ったけれども、そんなことをすれば中には賄賂をとったりなにかするものも出てくるでしょう。くじ引きにしようとか……いろいろ考えた末に、これは乗っかってる牛に決めさしたらいい、これならばインチキがない。牛が歩みをとめたら、その晩はそこへ泊まることにしようと決めたわけです。

こうして歩いていると、あるところで牛がとまりましたのでそこへお泊まりになりました。するると翌晩もやはり、牛がそこへとまったんですな。初めは気がつきませんでしたが、よく気をつけてみると、一つ女の家の前にしか牛が足をとめないんですね。はてなと思って、よくよく注意をすると、その家の前だけに白いものがまいてある……これは塩でございます。牛という動物は塩をたいへん好むものです。それがまいてあるから、そこへくると牛が足をとめて、ぺろぺろ舐めている。つまり、牛に塩を舐めさせて旦那を一人占めにした。塩を牛にやって始皇帝《たいしよう》をいい塩梅にいけどったというわけですが……。

ですから日本でも、縁起商売では塩花というものをまきます。お客様がくるようにと清めたところへ盛り塩をする。そうすると、客の足をとめる、というわけで、こういう風習はやはり、中国《むこう》から入ってきたんだろうと思いますね。

＊『山崎屋』

旦那芸

いろいろ人には好き好きがございます。

甘いものがいいとおっしゃる方もあれば、また辛いものを好む方と、まァそれぞれ注文が違うというわけで……。

音曲なぞでも、清元、常磐津、長唄、新内、小唄、これはみな江戸の芸でございますが、義太夫だけは関西が本場でございます。

文楽座の引ッ越し興行なぞ、おりおり拝聴することがありますが、まことに結構なもので、前に見台《けんだい》というものをおきましてね。肩衣《かたぎぬ》という、服装からして堂々としております。もっともあれは義太夫を語るときだけだそうで、ふだんあんなものをつっぱらかしてバスになんか乗られた日にゃ、突ッつかれて痛くてたまりません。

義太夫の方は万事が大袈裟で、第一、あの笑い方ひとつにしても、時代物やなにかになると、太夫がおなかをこう、ひとつゆすりあげておいて、どういう理由ですか、あのちぎれちぎれに、カラスが喘息を患ったような声を出して笑います。そして一ッ調子張り上げる……どうもまともな仕事じゃァない。もっともまァ、義太夫だからいいんですが、電車の中であんな声で笑った日にゃァ、まわりの人はたいていびっくりするだろうと思いますが……。

まだ青き素人《しろと》浄瑠璃玄人《くろと》がり　赤い顔して奇な声を出す

蜀山人が詠んだ狂歌ですが、なるほど、うまいことをいったものでございます。

旦那方が楽しみに義太夫の一段も稽古するという、これは結構でございますが、どうも、いわゆる旦那芸というやつで、師匠の方でちょいとやかましい小言なぞ言おうものなら、

「あたしはねェ、べつにこれを商売にするわけじゃなし、そう言われてもなかなか続かないから、もう面倒だからよしましょう」

なんてんで、旦那の機嫌を損じると、台所の方へ直接影響がありますからね、お師匠さんの

ほうも遠慮します。

だから自己流みたいなもので、こういうのが、店子を集めて聞かせようとするからいろいろ間違いがおこってくるというわけでございます。

＊『寝床』

昔の人形

古い川柳に、

ごく無理な意見魂入れかえろ

というのがございます。

どういうわけか、伜さんが道楽をする。どうも貴様のようじゃしようがないから、これからは魂を入れかえてもう少ししっかりやれ、なんてことを言う。しかし、これは無理な話で、魂なんぞというものは人間の自由になるべきもんじゃない、なんて伜が文句言ってるんでしょう。

よくお人形なぞをこしらえまして、これへ魂が入ったとか、入れるとかなんてえことをいいますが、肉体はできましても、魂というものがないと、これは本当に生きて働かないもんなんだそうです。だから形だけはできますが、この魂だけはいまだにどうにもならないもんで、どこで売ってるんですかねえ……売りゃしないでしょうね。

これはまァ、神様のおぼしめしでおこしらえになるもので、職人や絵かきの作品でも、あれには魂が入っている、まァさながら生きているようだ、なんてたとえを言いましたものです。

それから人魂《ひとだま》がとぶなんてえことを言って、いまじゃあんまりそういう話もいたしませんが、田舎なぞへ行くと、墓場から青い火が出るというのはよくきく話でございます。あれは燐《りん》というものだそうで、それが青い火になって出たりするんですな。これを人魂といって、そういうものを見たというかたはずいぶんございますが、いまではお化けだとか、そういったようなことはとんと信用しなくなりました。

それに昔からある行事で五節句というもの、これも近ごろは、やるものとやらないものがございます。

五節句、これは申しあげるまでもなく、正月七日、人日《じんじつ》の節句と申します。

この日には、七草粥というものを召し上がりましたもので、この中には七種類の春の草を入れます。芹、なずな、御形《ごぎょう》、はこべら、仏の座、すずな、すずしろという、これらを俎《まないた》にのせまして、庖丁でとんとん叩きながら、昔はとなえごとをしたもので、

「七草なずな、唐土の鳥の日本の国へ渡らぬ先に、ストトン、トン……」

てね、大勢ではやして、つまりあれはひとつの厄除けなんでしょうね。そうしてこの七草粥

をこしらえました。あたくしも食べたことがありますが、あんまりおいしいものじゃありませんね、ありゃあ。

それから次が、三月三日。上巳《じようみ》の節句。あるいは雛の節句。また桃の節句ともいいますが、これは女の節句でございます。

その次が、五月五日。端午の節句。鯉のぼりを立てまして、こりゃァ武者人形で、男の節句でございます。

次が七月七日。七夕祭りというのがあります。星祭りとも申しますが、七月七日と書いて「たなばた」と読むんですが、いまは何でも字の通り読むから、いまに「ななばた」とでも言うようになるかも知れません。

九月九日は、重陽《ちようよう》の節句。重陽というのは、九という陽が二つ重なるというんで、重陽という。菊の節句とも申します。

これが五節句でございますが、まァいまは、重陽の節句もやりませんし、それから七草という行事もすたれてしまいました。まあまあ盛んなのは、三月、五月、七月、これはいまでもやりますが、昔はもっと盛んなものでした。

やはり、それにちなんだものをお供えをいたします。雛祭りでございますと、菱餅、はまぐり、赤貝など……あれはご婦人に縁があるといいましてね、お供えをするんだそうですが、どういうところに縁があるのか、てまえにはわかりませんけれども……。

お雛様が盛んになりましたのは、江戸時代、明和のころ、池之端に大槌屋半兵衛という人がおりまして、十軒店に住んでいた原月船という人に依頼して、人形をこしらえさせました。これに古今雛という名前をつけて売り出したところ、たいそうこれが流行《はや》りました。

当時の川柳に、
いい細工顔もてらてら船の月
というのがありまして、これからお雛様が盛んになったということでございます。

そのほかにお雛様で有名なのは、寛永雛、次郎左衛門雛、有職雛などがありました。

それから、いまは子供の日となっておりますが、端午の節句に飾りますのが、武者人形で、粽、柏餅などをお供えいたします。

柏餅というのは、あれは男に縁があるんだってえますが、どういうわけかというとつまり、大きくなって、道楽をして、居候なんぞしたときは一枚の布団で寝たりすることがある。そのときあれを用いるんだといいます。でも寝相が悪いとアンがはみ出したりなんかしますな。

それでこれらのお人形をおしまいになるときには、樟脳というものを必ず入れます。虫除けでございますね。正徳時代、九州の島津藩で、初めて製造したもんだそうで、その後、おいおいこの樟脳が虫除けにいいというので、大事なものにはみんなこれを入れてしまうようになりました。ですから、簞笥《たんす》の引き出しなどにはよく入っていたもので、衣替えの季節には、樟脳くさい着物をひっかけて歩いていた人もありました。

われわれの噺の中にも出てまいりますが、これはふだん大切にして、長く着ないでしまっておいたから、樟脳とかびの匂いが一緒にしみついているという表現で、よく演りましたものです。

あたくしが子供のころ、お使いに行って樟脳を買って来ましたが、当時は固形でなく、粉でございました。桜紙という柔らかい紙の中に適当に入れて、これを包んで用いたものです。それからまた、これをおもちゃにしたのがありましてね。あの樟脳を丸めまして、赤い色をつけ、火をつけて手のひらにのせまして、ごろごろ動かしてさえいれば、手のひらが熱くならないという、不思議な玉でした。長太郎玉という名前で、そのほかにも幼稚なものですが、面白いものがありました。

あたくしがよく遊んだのは、カードのようなものが五、六枚、ずうっとつながっておりまして、持っている角度をちょっと変えると、ぱたぱたぱたッと、次から次と模様が変っていくというのや、竹の笛へセロハン紙でつくった長い袋状の紙がついていて、これがぐるぐる巻いてあるんですね。それで、ぷーッと笛を吹くと、ひゅるひゅるひゅるッと音がして、それがつうーっと向こうへ伸びる。ぱっと、口をはなすと元のように、くるくるッと紙が巻き戻ってくる、というおもちゃでございます。まことに幼稚なものですが、いまはあまり見かけないようです。

それから、歌にございますが、

これはみなさんご存知の

雷門の助六が

とんだりはねたり変ったり

という文句。

これは何のことか、いまはおわかりにならない方が多いんじゃないかと思います。

竹を裂きまして、平ったいところを小さく切って、その上に助六の形をした人形がついている。それが笠をかぶって、この笠はべつにのっかっておりますが、竹の裏側のところに細い竹がバネでからげてありまして、逆にもってくるとそこに松やにがついている。これへくっつけておきますと、そうですね、二、三秒くらいたつと、これがはなれる。上へ、ポーンととび上がるようになる。とたんに、かぶっている笠と人形が別々になるという。これが助六のおもちゃで、それからうさぎなぞもよくついておりました。「はねこのうさうさ」なんといいましてね。

まァ、人形はいろいろとり替えてやりますけれど、昔の子供はそんなおもちゃで遊んでいたものです。

＊『樟脳玉』

六日知らず

昔から「強欲は無欲に似たり」というたとえを申します。ま、欲のないという人はございません。無欲というのはないといっていいんだと申しますが、しかしあんまり欲が深すぎるというのも具合がわるい。

この百円銀貨は少し厚いから、何とかして二枚にはがそうなんてんで、一生懸命に爪ではがしているうちに、銀貨ははがれないで自分の爪をはがしちまったりなんかするという、こういうのがつまり強欲というやつで……。

また金というものは貯まると汚くなるなんてことをいいますな。銭のない人は、きれいにぱっぱと使うが、ある人の方が吝嗇《けち》になるということを申します。

ま、昔から吝嗇のことを、しみったれ、吝嗇《りんしょく》、赤螺《あかにし》や、がりがり亡者、六日知らずなど、いろんな言葉がございます。

六日知らずというのは、どういうわけかというと、日を勘定するときに、指を折って一日、二日、三日、四日、五日と数えていく。それで六日というときは指をあけなければならない。

けちな人は、いったん握ったものはもう絶対離しませんから……で、これを六日知らず。ま、悪口でございますが……。

一年中おかずを食わずに食事をしたという、ずいぶん経済な人がいる。どうして食べるのかというと、前が鰻屋《うなぎや》なんですね。向こうの家で鰻を焼きはじめると、家内中がその匂いを嗅ぎながらお飯《まんま》を食べようというわけで……。

「さァさァさァ、早くしなさい。早く嗅ぎなさい……うーん、あァいい匂いだ。どうも鰻てぇのはいつ匂いを嗅いでもいいもんだ」

といいながら、しきりにくんくんやっていたが、ちょっと首をかしげて、

「うーん、今日は少し細いな、これは」

ひどい奴があるもんで、慣れてくるともう鰻の太さまで嗅ぎ分ける。

晦日《みそか》になりまして、

「ごめんくださいまし」

「はい、どなた」

「ええ、向こう前の鰻屋でございますが」

「あァあァ、お向こうさんかい。なんだい」

「ええ、お勘定を頂戴にあがりました」

「勘定？　うーん、おかしいね。あたしゝとこでは、鰻をとったおぼえはないが」

「いえ、間違いではございませんで……請求書《かきつけ》を持ってまいりましたからごらんを願います」

「請求書《かきつけ》を？　……ええ、鰻の嗅ぎ代三千円……おや、何だい、この嗅ぎ代てえのは」

「手前どもで焼きはじめますと、こちら様で匂いを嗅いではお飯《まんま》を食べていらっしゃいます。いい、たれを一度つけていいのが、どうしても二度つけるというようなことになる。へへ……鰻のしょうが抜けるから嗅ぎ賃を戴いてこいと申しますんで」

「はァ……なるほどね。鰻の嗅ぎ代……うーん、まァそらァね、少しは嗅いだことはありますが、風の加減でそちらから匂ってきたのは、そういうのはどうするんだ。引いてもらうわけにはいかないのかい……え？　どうしても払わなくちゃならない？　ああそう。じゃいい、お払いしましょう。おいおい、あの三千円だというから……ああ、札はいけない、バラにしておくれ。そこに筒があったろ、長い……そう、それに入れて持って来なさい。さ、この中に確かに三千円入っているよ」

「へえ、ありがとう存じます」

「これこれ、手を出すんじゃない。耳を出しな」

「へ？」

「耳を出すんだ。……ほら、お金の音がしているだろう。さ、音を聞いたらお帰り」

なるほど。嗅ぎ賃ですからね。これは銭の音だけ聞いて帰りゃいいという。うまく考えたものでございます。

＊『一文惜しみ』

女敵討ち

世の中というものもだんだん変りまして、あたくしの若い時分には、まだ「姦通罪」というものがございましたもので……。

これは、夫のある女が、ほかの男と関係を結ぶという、いまでいう三角関係というんですか。してみると、お女郎なんぞは金平糖関係というのかどうかわかりませんが……。

そういうとき、夫から訴えますと、二人は姦通罪という罪になります。もちろん、あまりいいことではございませんが、昔はお侍ならば、女敵《めがたき》といいましてね。この姦婦、姦夫を斬ってもいいことになっておりまして、もし逃げた場合は、そのあとを追って行って殺す……。

親の仇討とか、主人の仇を討ったなんてえのは、大変勇ましいが、女敵てえのァどうも、あんまり名誉な話ではありません。

しかし、やかましくいってもやはりそういうことは昔から絶えなかったものでございます。

＊『紙入れ』

とむらいの作法

古い川柳に、

葬式を山谷と聞いて親父行き

というのがあります。

どういうわけなのかてえと、あの辺はお寺がずいぶんございますが、そばに吉原……で、ここへその、若い方は帰りがけに引っかかったりなにかする。それを警戒するために、

「なにを？　……ああ、あすこはいけません。若い者をやるとあぶないから、あたしが今日は行くから」

なんてんで、お父っつァんの方が、その、野辺の送りをするというわけで……。

まァ、昔と今ではいろいろ事柄が変りますが、お葬式というようなことでも、あたくしがおぼえているのでもずいぶん違ってまいりました。

第一に、お通夜といいますが……いまお通夜はいたしませんね。七時から九時までなんという、二時間だけやる。あれは本当は、一晩中、仏の伽《とぎ》をするので夜明けまではどうしてもいな

ければならない。これが本当のお通夜なんですが……。

まァ、あたくしどもと皆様の方とは違いまして、あるとき、堅気のお宅へ一度お通夜に行っておどろいたことがあります。

何をおどろいたのかってえと、じつにどうもその行儀のよいこと。膝へ手をついて、ぴたっと、みな正坐をなすって、頭《つむり》を下げましてね、しーんとしている。隣同士でぺちゃぺちゃしゃべったりしても失礼にあたる。だから自然に、黙って坐っている。すると時折り、向こうから食べるものを持ってきて下さる。お酒が出る。これもあまり、はしゃいで食べるわけにはいきません。静かにいただいて片づける。お腹はだんだんくちくなる。時間は経つ。何にもしないんですから眠くなりますが、居眠りなんかしたんじゃまたいけないという……どうも一晩いて、たっての苦しみをいたしました。

芸人のお葬式とかお通夜なんというものは、われわれはもうずいぶん行っておりますから……噺家のほうなんざもう乱暴なもんでしてね。

「今夜ね、お通夜ですから……エエ皆さん、ひとつ、陽気に願ってね」

なんてんで、何を陽気に願うんだてえと、仏の前ではしゃぐんですがね。これがおかしいことに、少し陰気になるてえと、

「おい、いけねえな、どうも。少し陰気になって来たから、じゃ、この辺で締めようじゃねえ

か」

なんてんで、締めるというのは手を打ちますね。「三本締め」という。

「ようッ。シャンシャンシャン、シャンシャンシャン、シャンシャンシャン……へいッ。どうも、目出たいね」

なんてなことを言って……隣の家がおどろいた。

「いったい隣は何をしているんだ。今夜、お通夜だってぇが、手を締めちゃ、ときどきわあッと、歓声があがって、目出たい、目出たい、目出たいって……」

なにが目出たいもんですか。人が死んだんですから静かにやるべきもんなんですがね。それにわれわれの方の符牒で「モウトロ」といいまして、賭博でございます。花札を用意してくる奴もあれば、また賽を持ってくる者もある。なかなかどうも、その道の熱心家がおりまして、あっちの隅でもかたまり、こっちにも一かたまりあるというようなわけで、そんなことをして、一晩中……。

「なんだい、もう夜が明けたのかい？　惜しいな。せっかくいまツイてきたとこなんだけども……」

なんてんで、お通夜の延長を願うなんという変な人がありまして……まァ、普通のお通夜では、そんな馬鹿げたことはございますまいが……。

それに人間、酔っぱらって場所柄が悪いのが、お通夜で酔っぱらったりなにかする、こういうのはあまり感心いたしませんですね。

けちな奴あわれな酒に食らい酔い

「さあッ、おうおう、どうした？　酒ないよ。持ってきてくれ……なんだ？　冗談じゃねえぜ、おい。香典二千円持ってきてあるんだから……あと、もう三本、飲んでもいいんだ」

なんてんで、お通夜か小料理屋かわけのわからないことを言ってね。こういうのはまことに見っともないわけで……。

それにまた、いまの方がご存知ないのは告別式というもので、たいていあれですましてしまいます。

昔はああいうものはありませんで、お寺までちゃんとお見送りをしなくちゃなりません。これは途中、行列というやつでみんなぞろぞろ歩いていく。出棺が午前中というのは少なかったようですな。たいていは午後、それも一時ではなく、二時とか三時の出棺で、どうしてそうなんだてえと、前の晩がお通夜でございます。夜明けまではどうしてもみなさんがいなくちゃならない。夜が明けてからみな、自分の家へ引き上げる。で、ちょっとひと寝いりして、それから支度をしなおして行くというんですから午前中ではちょっとどうも、その間がありませんので……で、午後になるという。

出る前には必ず「出立ちの飯」といいまして、ご飯をいただきます。こりゃまァ、身寄りの者に限りますが、「一ぱい飯」といって、あれはお代わりをするわけにはいきません。豆腐のお汁《つゆ》なぞをこしらえて、ご飯の上へこれをかけて、一本の箸で立ちながらこれをすうーっと食べるんです。

だから、一本箸で飯を食うもんじゃない、一ぱい飯は縁起が悪い、お汁をぶっかけて食べるもんじゃない……そういうことはみんな、このお通夜からきたものでございましょう。それから立って食べるということもいけない。履物《はきもの》をはいて上から土間におりるという、これもやはり、お葬式のほかはやりません。

草履を畳の上ではいて土間へそのまんまおりる。

昔はまァ、たいてい駕籠でございますな。駕籠舁きという者が六人。ま、四人の場合もありますが、多いところは六人とか八人……半目はございませんで、両側へ、股立ちをとりまして紋付きの着物の近親者がこれへ並ぶというわけで、家督を相続する方が位牌を持ちまして、お迎え僧のあとからぞろぞろ歩いていく……まァ、お寺が近けりゃいいんですが、かなり遠いこともありましてね。四キロとか六キロ、あるいは八キロくらい離れたところもありまして、それを歩くんですから容易じゃありません。

いよいよお寺へ着きますと、ご親戚だとか、近親の方は、みな本堂の方へ……。ですからお寺というのは広いお座敷がいくつもありまして会葬者がこれへ入る。もしそれでも足りないときは、隣にお寺があれば、これも借りまして、そうなるともう大変ですな。

それから盛り菓子というものが出ました。本来ならば、めいめいへお菓子を包んで下さるわけですが、ところがお饅頭などのお菓子を盛りましてね、それを大勢いるところへ、二カ所なり三カ所なりへ置いてゆく。

ところがこういうものにあまり手をつける人はありませんで、

「じゃ、ひとついただこうか」

なんてんで、つまんだりなにかすると、

「あの人はどうも場所柄を知らない。いやしい人だね」

と、悪く言われますから、みな遠慮をしてだれも手を出しません。だからあとで評判が悪かった。

「あれだけの家なんだからねェ。盛り菓子しなくったっていいじゃねえか。あァ、吝嗇《けち》ですねェ」

なんてんですが、いまじゃもう、吝嗇にもなんにもまるっきり出しませんから……。

それから帰りがけには必ず、一人に対して一つの折りをくれました。これは角切《すみき》りでございまして、隅のところがちょいちょいとこう切ってある。六寸というんですが、十八センチくらいなんでしょうかな。それで中にお菓子が三つ入っております。

羊羹が一本、今坂というお菓子、大福餅の大きいようなもんですが、それからもう一つは打物でございます。その上のところに紋が打ってありまして、これはその家の定紋でございますな。この紋はお菓子屋へ注文《あつら》えてそれをつけます。で、この三つのお菓子が入った折りをめいめい頂戴して帰ってまいります。

それからのちにはこれが切手になりました。五十銭でしたかね。共通切手といって、ほうぼうのお菓子屋さんの名前が、ずうっと裏に印刷してある。そこへ持って行くと、生菓子と取り替えてくれましたもので……。それから一円になりましたが、もうそれ以後はそういうことがなくなり、いまは告別式ということになってしまいました。

お経なんぞは、会葬者の末席の者はまるっきりわかりませんで、部屋が違うんですから……そこでまァ、お互いに雑談などをしている。

そのうちにご親戚の全部、焼香がすむと、これが大勢そろって会葬者のところへお礼にくる。

「今日《こんにち》はどうもご遠方のところをありがとうございました。今日はありがとう存じました」

これがすむと、

「あァ。じゃァ、もう帰りましょう」

てんで、ぞろぞろ出るというわけで……。

それからもう一つ、強飯《おこわ》が出たことがあります。赤飯でございますね。お目出たいときにはこれは小豆を使いますが、お葬式のときには黒豆を使う。小豆の代わりに黒豆が入っている。もちろん、おかずはちゃんとついております。がんもどきとか焼き豆腐、はんぺん、そんなものがちゃんとついている。折りのこともあれば、竹の皮へ包んだというのもあり、これを会葬者へ出します。

そりゃそうでしょう。長時間、あなた、歩いたり待たされたりしているんですから、そりゃお腹も空いている。これをいただいて食べなければ、腹が減ってどうにもやり切れない。それがためにこの強飯《おこわ》というものを出したものですが、そういうような慣習《しきたり》がおいおいなくなりまして、万事簡略になってまいりました。

外に出ると、

「どうもなんですね、今日のお経は長かったねェ。あァ、あれはいけませんねェ。あんまり長いのはいやだね。さわりだけにしてくれるといいんだけれども……」

なんてんで、お経のさわりなんてえのはありません。

「しかし、今日の仏様はまだそれほどの年齢《とし》じゃないんだからねェ。ふだん、お丈夫だったんだろ」

「そうなんですよ。あんまり丈夫だ、丈夫だてんで、やり過ぎたんじゃないかね。仕事やなにかをねェ……うーん、だからさ、今日達者でいたって、人間、明日はどうなっちまうんだかわからないんだからねェ」

「まったくだねェ。それを考えりゃお互いに……つまらないね」

「うーん。達者のときはひとつ、面白い思いをしなくちゃね。つまらないよ。どうです？　今夜あたり、吉原《なか》へくりこもうか」

「うーん、よかろう」

なんてんで……で、こういうのが吉原へぞろぞろと行く。

引導がすむと魔道へひきこまれ
なんという。

こういうのが大一座で、吉原へくりこんで、

「じゃ、ここへ登楼《あが》りましょう」

てんで、ぞろぞろと登楼《あが》ります。花魁が大勢出てきますが、さてどの人にどの敵娼《あいかた》をつけたらいいかということは、これはちょいとわかりませんので、こういうときは花魁の名前を書いた札を持ってくる。これをめいめいで引く。さもなければ、花魁が吸っている長煙管というのがある。朱羅宇の煙管というやつで、あれをこう一束にまとめまして、

「さあ、どうぞ、皆さん、引いて下さいよ。さあ……ね？　いい杭《くい》をお引きなさい」

なんてんで、おばさんが出してくれますが、いきなりあわてて、

「じゃァ、あたしが……」

なんてんで引こうなんて人もありませんで、お互いに遠慮をしている。

「さ、おたく、どうぞ引いて下さい。ちょいと、お先へ」

「まァまァ、亀谷さんからどうぞ」

「まァ、あたくしはなんですから、調布さんに、ひとつ引いて……」

「いやァ、あたくしも結構ですが……じゃ、あの、留さん、どう? お引きなさいよ」

「いえ、もう、あたくしはあとで結構です」

「そんなことを言ってちゃきりがないよ。しようがないな、どうも。……じゃ、ようがす。お焼香をした順に引きましょうか」

焼香の順にとしゃれる大一座
これから敵娼が決まって、どんちゃん騒ぎ。

大一座黒豆のある反吐《へど》をつき
なんという。こりゃどうも、大変汚のうございます。

＊『子別れ』

やぶ医と手遅れ

当今は医学というものが非常に進歩してまいりまして、まァこの、怪しい先生なんというのはいい塩梅《あんばい》になくなりましたが、以前は「でも医者」というのがよくあったそうです。どういうわけだってえと、まァべつにやることもないし、退屈だから「医者にでもなろう」ってんで、ふらふらと……。

ですから、こういう先生にかかった患者はかわいそうで、

「あの人もねェ、医者にかからなかったら助かったんだが、どうも惜しいことをしました」

なんてんで、まったくどうも危ない先生がいたもんで……。

「こんちは。……あ、先生。すみませんがね、手のあいたときでいいんだけれどもねェ、ちょいと診てやってもらえるかね」

「ああ、よろしい。診て進ぜるが、容態はどういうなにか、熱があるのか」

「へ？　熱が？　……へ、へ、熱はありませんで。いえ、人間じゃねえんで……。家の竹へこのごろ花が咲いてしようがないんで、へえ。竹は花の咲くときは枯れるなんてことを聞いたから、ぜひ先生にいっぺん診ていただいた方がいいと思って」

「おいおい、何を戸惑いをしてくるんだ。竹は植木屋へ頼むがよい。わたしは医者だ」

「へえ……でも、こちらはやぶ医者と伺ってまいりましたから」

下手な医者をやぶ医者と、悪口をいいます。中には「竹の子医者」などというのがある。

「ああ、あの先生はよした方がいいよ。あぶないよ。竹の子だから」

聞いてみたら、まだやぶにならない。おいおいこれからやぶに近づこうなんという、じつにどうも剣呑《けんのん》な先生があるもんで……。

もっとも患者のほうで信用しないといけないそうですね。

「ああ、どうもあの先生はあんまりうまくなさそうだ。へっぽこらしいが、大丈夫かなァ」

なんというような、頭からなめてかかるようではいけません。また、この先生ならおまかせをしてもいいと、患者のほうで信頼するような、態度からして名医らしいという方がいらっしゃいます。この方ならと患者のほうで安心するわけで……。噺家のような、ちょこちょこした先生ではいけないそうですね。診てもらうというよりは先に、ばかばかしくなりますよ。

それからおやさしくなくてはいけないのが小児科でございます。相手は小さい子供衆ですから、あまりこのお髭なぞのあるこわい顔をした先生では、子供のほうでおびえてしまいますから、なるべくにこやかで、頭の一つもなでてあげると、いいおじさんだというので向こうで親しみを持つというわけで……。

やさしくていけないのが、婦人科の先生だそうですね。これはもう、なるべくこわい顔をして、おれは生まれてまだいっぺんも笑ったことはないというような、何か、苦い顔をしているほうがいいといいます。あんまりにこにこした先生では具合がわるい。

外科の先生は、これはまたものを切るんですから活発なほうがよろしい。お世辞なんてものは言わない、少々乱暴というくらい、バリついた先生のほうがいいそうですね。

もっともこの、お医者様のほうには「手遅れ」という、たいへん都合のいい言葉がある。

患者を診たときに、いきなり、

「あ、これはいかんな。手遅れになった」

「ヘッ」

「残念なことをした。もう少し早いとよかったが……手遅れだな、これは」

「ただいま二階から落っこって、すぐお迎えにあがりましたんで」

「うーん、落ちる前に来ればよかった」

って、それじゃ医者を呼ぶ必要がありませんよ。

＊『代脈』

水茶屋

昔、両国というところは大変に盛りましたもので、本所方の東両国を向こう両国、西両国を広小路といいました。

向こう両国には垢離《こり》茶屋なんてのがありまして、水垢離をするときにここへ着物をあずけるためのお茶屋なぞがあります。

ここには並び床、並び茶屋というのがありまして両国でもっとも有名なところでございました。もちろん、ここは住むわけではありませんで、葭簀《よしず》っ張りの店だけでございます。

いまならばまァ、表へ出て喉がかわけば、ちょいとお茶でもといって、コーヒーとか、紅茶を飲みますが、この喫茶店にあたるのが水茶屋でございましょうか。

浅草へまいりますと、二十軒の茶屋というのがありました。ここではお酒というのは一切売ってはいけない規則になっておりまして、もちろんこういうところにはきれいな娘がいなくてはいけません。七十、八十になる腰の曲がったお婆さんなんかが、お茶を持ってきたんじゃ、これはどうもお客の入り手がない。

やはり、ちょいと美しい娘《こ》がいると、あすこには乙な女がいるよ、てなことになり、われもわれもというんで、鼻の下の長い連中が押しかけてこようというわけで……。

水茶屋の女に惚れた腹具合

なんという川柳があります。

女の子の顔を見ようてんで、何回も通って一日に何杯もお茶を飲む。それでとうとう、お腹をこわす……昔もいまも男ごころというものは変らないようでございます。

＊『お藤松五郎』

大山詣り

江戸に近いというので大山というところは大変に盛りましたもので……。山に登るというにはあれはなかなか大変でございまして、昔でもちゃんとそれだけの準備をしなくちゃなりません。

まず第一に、水垢離といいまして、向こう両国に垢離茶屋というものがあって、そこに着ているものを預けて川へ入ります。ここで一七日《いちなぬか》の間水垢離をいたします。「懺悔懺悔、六根清浄、おしめにはったたい金剛童子、大山大聖不動明王、石尊大権現、大天狗小天狗……」という。これを繰り返しては唱えるわけで……。「懺悔懺悔、六根清浄」はわかりますが、「おしめにはったたい」ってんですが、これが何のこったかわからない。ある方に伺いましたら、これは「大峯八大金剛童子《おおみねはちだいこんごうどうじ》」というんだそうです。ところが大勢でやってるうちにいつの間にか、大峯がおしめになってしまった。江戸っ子なんてえのはなかなか強情ですからね、これは違ってるよと言ったって言うことをきかない。親父の代からおしめでやってるんだからこれでいいんだ、なんてんで、どうも強情な奴が多いために改めない。とうとうおしめになってしまいました。

で、七日の間心身共に清め、これからお山へ登るというんですが、山へ登りますときには納め太刀というものを持って行きます。木でこしらえましたものですが、長いのになりますと人間《ひと》の背より高いもの……六尺以上もあろうという、これを持って行きます。大山石尊大権現と大きく書いて、その下へ半分くらいの字で両方へ割りまして、大天狗、小天狗と書く。その下へまた大きく、諸願成就、郷義弘と書いてあります。

義弘は鞴《ふいご》のいらぬ刀鍛冶

という川柳がありまして、で、これを持ってって向こうへ納め、また向こうからいただいてまいります。

山へ登りますには、六月二十八日から七月の七日まで、これを初山《はつやま》と申します。それから七月の十四日から十七日まで、これを盆山といいまして、ちょうどお詣りにいらっしゃる時期としてあります。

石尊を賭場《とば》からすぐに思い立ち
十四日末は野となれ山となれ

なんという川柳がございます。

これは博奕《ばくち》にとられてもうにっちもさっちもいかない。江戸にいれば借金取りばかりが押しかけてどうしようもないから、いっそ大山へ行っちまったら催促をされねえだろうからってんで、信心はそっちのけで、借金逃れに大山へ行くという、どうもひどい奴があったものです。

＊『大山詣り』

堅い女

我が国には、昔からこの貞女とか賢夫人というものがずいぶん出ておりますが、古くは松浦《まつら》佐用姫《さよひめ》という人は、まことに貞女の鑑というのでいまもって名前が残っております。夫の大伴狭手彦《おおとものさでひこ》が、高麗《こま》へ出陣という。高麗というのは、いまの朝鮮でございますね。その別れを惜しむために、領巾振《ひれふり》の峰へ登って、領巾を振って夫との別れを惜しんだといい伝えられております。

領巾というのは何だと思っていたら、いまのショールなんだそうですね。首から掛けまして、胸のところで両端をたらしておく……。

昔は、人を呼ぶときなぞは、その端を持ちまして招いたりなんかしたんだそうで、また別れを惜しむときなぞもこれを振るというわけで、これを領巾といいます。いまならば、汽車で別れる、あるいは船の別れなんというと、ハンケチなぞを振りまして、

「じゃァねえ、行ってらっしゃいよ」

なんてなことを言いまして、あたくしはああいうことは外国から入ってきたもんだとばかり思っておりましたが、日本にも古く、そういう風習があったんでございますな。

この夫人が、夫との別れを悲しみ、遂に石になったというんですが、考えてみればずいぶん堅い人でございますね。石になるくらいですから、こんな堅いのはいない。

松浦《まつら》姫涙はみんな砂利ばかり

なるほど、当人が化石になったんですから、こぼす涙がみんな砂利になったろうという、川柳のうがちでございます。

もっとも近ごろは、あまり石になった婦人もありません。お腹の中に石が出来る人はありますけれども、体全部が石になった人は珍しい。

海原の沖ゆく船を戻れとて　領巾振りけらし松浦佐用姫

という歌が残っておりまして、まずこの人は第一番の貞女でございます。

ま、ご婦人というものは、石を大変にお愛しになるもんで、第一にダイヤ、それにサファイア、ルビー、そのほかにもなんだかんだといって、あれはおぼえきれないほど種類があるんですが、ダイヤはあれは、流行《はやり》すたりがないと申します。

一カラット百万円のダイヤで、二カラットならその倍の二百万円かと思って聞いてみたら、そうではないんですね。あれは大きくなるほどお値段が大変に高くなる。だから、ご婦人はもう小さいダイヤよりは大きいのをお喜びになる。いまに五十キロ、六十キロなんてダイヤが出たらどうでしょう。これでもやっぱり欲しいでしょうからね。ロープかなんかで背負いましてね。汗だくになって、銀座通りを散歩している。

「あらまあ、そこへいらっしゃいますのは、吉田の奥様ではございませんの」

「はーい、どなたで……いらっしゃいましょうか」

重いもんだから、肩で息をしている。

「わたくしでございますわ」

「あらまあ、近藤様の奥様……」

「まあ、たいそうお見事なダイヤでございますこと」

「はァ、これは……先だって、はァ、手に入れたんでございますが……はァはァ、なにしろ大きすぎるので、あなた、こうして背負って歩きますのも容易な苦労ではございません。昨日なぞは、あなた、子供があやまってこの下敷きになって、怪我をしたために、いま入院しております」

なんて、そんな手数のかかるダイヤじゃしようがありませんが……けれども、そんな思いをしてもやはり、ご婦人というものは、大変に石をお愛しになるわけで……。

*『派手彦』

大八車

当節は交通地獄とか交通戦争なんといいまして、自動車の事故なぞはもう珍しくないんですが……まァ、発明した人もあんなにぶつかるもんと思ってこしらえたわけじゃないでしょうけれども、あとからあとから、いろいろな事故が起こっております。

昔は、自動車《くるま》なんてものはないですからね。あったのは大八車といいまして、荷物を積みまして、人間が押すんですが、これが重いものになるてえと一人が引き綱をつけたものを引っぱり、あとから四、五人でこれを押しましてね、掛け声をかける。

「えい、ほいッ。えい、ほいッ。えんさか、ホイ」

なんてんで……。

ところが、この大八車に轢かれて死んだ人が昔、あったてえますから、どうもじつにのんびりした人間もいたものでございます。

＊『永代橋』

変った彫り物

入墨と刺青《ほりもの》とは、あたくしは同じもんだと思っていたら、違うんだそうですね。ある方に言われましたが、あれは入墨と言ってはいけないんだそうで、刺青《ほりもの》という。何故かというと、罪人が刑のときに腕へ筋を入れられますね。ま、その土地によって、細い太い、どこへ入れるというようなことも違いましょうけれども、墨でもって筋を入れる、これを入墨といいます。だから絵のほうは刺青というんだそうですが、ずいぶん金をかけて彫る人がありまして……。

彫り師のところへ行きますと、下絵を見せてくれるそうですね。どういう絵が希望なのかという……いろいろありますから、じゃこれならこれといって決めます。

こいつを彫るんですが、これがまたむずかしいそうで、背も高い人もあれば低い人もあり、太った、痩せた、骨格がみな各々《めいめい》違いますから、ぴたっとそれに合わなければいけないわけで、いかにうまく彫ってあってもなにかこう、均斉がとれていないとよく見えません。そこをうまく寸法を合わして、背中一面にそれを彫るというのがこれが技でございましょう。

昔は竹っぺらみたいなものへ針がどっさりついていて、これでぷつッと彫《や》って血が滲んでくるやつを手拭いで血を拭いて、すぐに墨を入れていく……あれはいい墨ではいけないんだそうですね。ごく悪い墨を使うといいますが……色はというと黒、浅葱、それからあとは朱でございますね。ぼかしなんというのも……いまはいろんな色がありますね。もっとも針でぶつぶつ彫っていくんじゃなく、ミシンのような機械でもって彫りましてさまざまな色を使いますが、あたくしどもが見て、やはり昔の彫り物のほうがなんかこう、値打ちがあるように思いますね。自慢にして、いろんなものを彫った人がずいぶんありますが、その当時、刺青《ほりもの》の会というのがあって、大勢の人がそこへ集まります。もちろん自慢の刺青で、我こそはというんでのり込んでいきますが、いくらよくってもあのいたずらがしてあるといけないそうです。腕のところへちょいとこう桜の花に短冊なぞがさがってね、自分の女の名前が書いてあるなんという、そういうのはもういたずらですから採用いたしません。

花札を彫った人があるそうですね。全身へ四十八枚。こりゃ大変でしょう。散らして、さまざまに彫ってあるわけで……ところが、よく勘定してみたら四十七枚しかない。本来四十八枚あるべきなんで、彫り落としたのかってえとそうじゃない。右の足の裏をぱっと見せた。すると、ここに坊主が一枚、舐めていた。足の裏へ一枚かくしておいたという……そういう凝った刺青をした人がありました。

それから、刺青の会のときに、一等賞をとりましたのが、あるお寺の住職でございます。この方が一等になった。どういう刺青をしたのかと、裸になってみたが何にもないんです。どこでございましょう、ってんで係の人が聞くと、男根の亀頭のところに、蟻を一ぴき、彫ってありました。それで、これが当日の一等賞になったというんですが……。

ご承知の通り、あの刺青というのは針を刺していくんですから、皮膚がぴんと緊張したところでなければいけないわけで……ところがあすこはその、緊張するったって……痛いといけませんからね、萎《しな》びっちまう。へへ……それでまた緊張さしては一針……二針……と彫っていく。だから蟻といえども、一ぴき彫るまでにはずいぶん長い年月がかかったわけで、これはもう大したもんだというので一等賞になったんだといいますが……いろいろどうも、道楽があるものでございます。

噺家の仲間にも刺青をした人はずいぶんおりましてね。

大阪に立花家花橘という噺家がおりまして、この人の刺青が面白いんですよ。首から六センチぐらい下へさがったところ、そこに桔梗の紋がひとつ彫ってありました。これは自分の定紋だそうで……これなぞはまことに面白いと思います。裸でいたって決して失礼じゃない、紋付きなんですから。そういうところが噺家らしいですな。奇抜な刺青を彫ったものだと思いました。

まァ、刺青なぞをした人は数ございますが、よく大蛇などが、ぐるぐる体を巻いてるなんという刺青がありますが、これは聞いたところによりますと、脇の下やなにかで一ヵ所ぐらいはずうーっと切れてるところがあるそうです。そうしないと締めつけられて短命に終わるなんというんですが……迷信かどうか、あたくしは知りませんけれども、そういう刺青をしたときには必ず、すうっと一本、線が切れているんだそうです。

彫った方に聞きましたが、仕上がるときが大変なんだそうです。熱が出る。むずむず、むずむずして、痒《かい》くてたまらない。ところがこれをかきますと墨が散ってしまうから、今までせっかく彫ったものがもうゼロになって変てこな図になってしまう。こういうときはどうするのかってえと、番茶を煮出したやつに手拭いをしめして、背中のところをぺたぺた叩くんだそうです。これをたでるといいましてね、番茶でやりますと、仕上がったときの色がよく出て、しかも痒みが止まるというわけで……やはり出来上がるまではいろいろ苦労があるものでございます。

はじめは条《すじ》彫《ほ》りといいまして、線だけをずうっと彫るわけで、それがすむとあと、色を入れていく。よく牡丹に唐獅子なんて刺青がありますが、これもすっかり色が入って仕上がっていれば見事ですけれども、中には条彫りだけで、もう痛えからよそうなんてんでね、よしちまう人がいる。そういうのはどうしても牡丹に唐獅子には見えません。ブルドッグがキャベツを食ってるようで、あんまり気のきいたもんじゃありません。

一切り《ひとき》、といいますとそうでございますね、人さし指と親指をこう丸めましてその中の大きさぐらいなもので、これを一切りといって明治時代の末期に五十銭だったそうです。

むろん、いっぺんではすまないわけで、色を入れればまたそれだけ取られるので、一カ所でいくらもダブることがある、だから全身へ彫りますにはその一切り五十銭で三百円くらいの金がかかったといいます。金もかかりますが、痛さも痛し……よほどでないとこれは続かなかったろうと思います。

＊『火事息子』

超大型力士

近ごろは運動というものがおいおい盛んになりまして、スポーツも新しいものが次から次へと出てまいります。

相撲というものはこれは申し上げるまでもなく古い歴史があり、国技でございます。

あれは技《わざ》で勝つものだとよくいいますが、大きな人を小さな人がどうしてあうまく引っくり返せるのかと思うようで……。

今までにいちばん大きかった力士は、生月鯨太左衛門といって、この人は七尺六寸あったといいますがずいぶん大きゅうございます。六尺台のお相撲さんはいくらもありましたろうが、七尺を越えたというのは数少ない。それから、その次に大きかったのが釈迦ケ嶽雲右衛門、鬼勝象之助、大空真弓……いや真弓じゃない、大空武左衛門といいます。これはみんな七尺を越えました。お相撲で、もっとも中には相撲をとらない人もいたそうです。ただ大きいだけ、土俵入りのときにこういう人がおりますというのを見物へ見せる……まァ一つの見世物でございますが、釈迦ケ嶽という人は実際に相撲をとらしてもなかなか強かったそうです。

この人が前相撲の時分に豆腐屋さんへお使いに行った。

向こうへ行くてえとまだ寝ておりますんで、

「おい、豆腐屋さん、起きとくれ。豆腐売ってくれんかい、おい」

どんどん、戸を叩いたんで……ところが、豆腐屋じゃもう商売はしていたんですね。それで二階の戸が閉めてあったのを、背が高いから下と二階とを間違えて、二階の戸をぽかぽかやったんで、なにしろ力がありますから、みしみし……家が揺れたから、おかみさんがおどろいた。地震だと思って、表へとび出したとたん、釈迦ケ嶽の向こう脛へ頭をぶつけて目をまわしたという……馬鹿な話でございます。

噺家の歌舞伎

素人芝居というものは、えてして失敗が多いといいますが……。

われわれなぞも、噺家《しか》芝居といいまして、

「どうだい、ひとつ、歌舞伎をやってみたいんだが」

なんてんでね、演りますが、毎度失敗したりなにかして、お客様のほうもその失敗を待っていらっしゃるてえわけでもないんでしょうが、素人らしいおかしさがあるというんですね。

しかし、失敗をしたときに、そいつをぱっと、とっさの間にとりかえすというのはむずかしいことで、やはり噺家らしい頓智できりぬけることもございます。

あたくしの親父でございます、先代の圓生が『高時』という芝居で、城入道という役をやりました。

このときの高時は、一竜斎貞山、六代目の太った人でございまして、この人が高時。それに天狗が大変でした。

大幹部総出というわけで、初代の三遊亭圓右、三代目の柳家小さん、あたくしの師匠の橘家

＊『阿武松《おおのまつ》』

圓蔵、それから二代目の小圓朝、そのほか、当時の売れっ子で、中看板のばりばりしていると
ころが、ずうーっと御馳走役で天狗になる。で、この天狗が活躍するところなぞは、こりゃ商
売人でなきゃ出来ませんから、本職もまじっておりますが、天狗が出てくると、いちいち名前
を呼びます。
「おう、小さん坊、まいられたか」
お客様が手を叩く。
「おう、圓右坊……おう、圓蔵坊もまいられたか」
なんてんで、いちいち名前を呼ぶと、そのたびにお客様が喜ぶんですね。あァ、みんな天狗
で出演《で》ているなってんで……。
そして、これから例の天狗舞いになり、翻弄された高時が気絶をする。
そこへ城入道、衣笠、大仏陸奥守《おさらぎむつのかみ》と、ぞろぞろ出てきます。
衣笠は、五代目三升家小勝、大仏陸奥守が貞山の先生の錦城斎典山という人、城入道があた
くしの親父でした。
と、城入道の台詞に、
「君はなんとおぼしめすか。今宵まいりし法師どもは、ありゃみな天狗にございます」
するところで、高時がおどろくというところで……へへ、ここで間違えたんです。

三日目でしたか、

「今宵まいりし天狗どもは」と言っちゃったんですね。法師どもは、というところを天狗と間違えた。もう、

「ありゃみな、天狗にございます」

てえわけにはいかない。

どうするかと思ったら、

「今宵まいりし天狗どもは……ありゃみな、烏天狗にございます」

と言ったんです。

ああ、お客様も舞台も大笑い。

このときにちょうど、尾上松助という、『玄冶店』の蝙蝠安を演らしては天下一品といわれました名優でございますが、この人が見物に来ていました。

あとで大変、感心をして、

「あたしどもは間違えても、ああいう風にはいきません。さすがに落語家さんは偉いもんだ」

なんてんでね、ほめていましたけれども……ま、失敗したそこのところを、ひょいとごまかせばかえってご愛嬌になるんでしょうが、やはり間違え方もむずかしいものでございます。

それから、五代目の柳亭左楽という人が、やはり面白い間違いをしましてね。

『かちかち山』というお伽話でございます。これを芝居にいたしまして、初代の圓右が、たぬきになって縛られている。で、おばあさんがいると、たぬきがいろいろ後悔して、どうかもう悪いことはしないから、この縄をほどいてくれ、といって頼む。おばあさんが不憫《ふびん》に思って、たぬきの縄をほどいてやります……と、おばあさんを殺して逃げてしまう。

そこへ帰ってくるのが、うさ吉といって、このおばあさんの養子でございますが、これを五代目左楽がやっているんです。

で、花道の暗いところで、二人が互いに出会うという場面。ここで二、三、立ち回りがあり、たぬきが腰にぶらさげている、火の用心とかいた煙草入れがある、こいつをうさ吉がひょいと抜きます。そしてたぬきは、花道へずうーっと引っこんでゆく。これで幕になって、その次は泥舟のところでございます。

舞台一面、波の幕が張ってある。舟が一艘、そのほかに船頭などが四、五人、出ております。

ここで、たぬきとうさ吉が互いに争いとなる。うさ吉が、「お前がおばあさんを殺したんだろう」と言うと、たぬきが、「いいや、知らぬ。おぼえがねえ」……。

「おぼえがねえとは言わせねえ。先月二十八日の夜、そのとき取ったるこの煙草入れ」と言って、火の用心とかいた煙草入れを見せる。するとたぬきが、「ううッ」ってんで、おどろくというところで……。

その日にわれわれが見物に行っていました。

「先月二十八日の夜、そのとき取ったる……」

ってんで、腰をさぐったが煙草入れがなかったんですね。「あッ」てんであちこち探したが、ない。

と、一段と声を張り上げて、

「忘れてきたァーッ」

と言った。

いや、このときも客席は大笑い。お客様もどよめけば、もう舞台じゃ、あとの台詞が言えなくなって、腹をかかえてみんな笑い出したんですが……。

自分が証拠の煙草入れを持ってこなくちゃならないのにうっかりして忘れたんですね。で、本当にこういうときには、はっとしますから、どぎまぎするのを、一段と調子を張りあげて、自分の失敗したことをはっきり言ったんで、こういうところはさすがに噺家らしい面白さでございます。

＊『九段目』

都々逸の元祖

音曲噺は、船遊亭扇橋という人を元祖としてあります。

この人はもと奥平の家来で、常磐津兼太夫の弟子になり、若太夫という名を持っておりましたが、とうとう、文化六年に侍をやめて寄席へ出ました。噺も出来、なかなか唄もうまかったそうで、初代の扇橋となり、音曲の元祖でございます。弟子もずいぶんおりましたが、中でも傑出したのが、都々一坊扇歌という人でございます。

常陸の国といいますから、いまの茨城県。大田在佐竹村岡部の、岡玄作というお医者様の倅として生まれ、幼名を子之松《ねのまつ》といいました。十二歳のときに、桝屋という酒屋さんへ養子に行きまして、ここで名前を福二郎と改めました。

ところが三味線が弾けて声がいいところから、当人は田舎にいるのがいやなんですね。どうか江戸へ出て、三味線をもって世の中へ立ちたいというので、とうとう二十《はたち》の年に養家をとび出し、磐城《いわき》の湯本へまいりました。ここには知るべの者がおりまして、そこで居候というわけ。しかし、退屈なので、三味線をとり出して弾いて唄っているのを、湯治に来た客が、「なかなかいい声じゃないか。あの人をよんでくれないか」なんてんで、あっちこっちからお座敷がかかり始める。酒の相手も出来るし、唄はうまいというので、どこでもひっぱりだこ。

そこへ江戸から、士橋亭里う馬という噺家が興行にきました。何とかして江戸へ出たいと思っている福二郎、楽屋へ里う馬をたずねて、お弟子にしていただけませんかと頼んだんですが……里う馬が見たところ、色が浅黒く、目がぎょろっとした、なにかこう、一癖ありそうな男。

「お前さん、聞いたところ、言葉に訛りがあるね」

「へえ……」

「それァだめだね。訛りのある者はとてもねェ、江戸へ出ても商売にならないから、諦めたほうがいいねェ」

ぴたっと断られた。

当人もがっかりしたが、そのためになにか湯本にもいにくくなりまして、姉が石岡というところに縁付いておりますから、これをたずねて厄介になっておりましたが、わずかな金を姉からもらって、とうとう江戸へ出てきました。しかし、たちまちこれを使い果たし、どうにも生活に困るところから、三味線を持って、夜になるとほうぼう流してあるきます。

ある日、本所松井町の床屋へ呼びこまれて唄をうたっているのを、表でじいーっと、立ち聞きをしている男がある……。

「どうもありがとう存じました」

と、礼を言って、三味線を持って出てきたのを、うしろから呼び止めたのが、これが扇橋でございます。

「お前さん、なかなかどうも、いい声だねえ。そのくらい三味線が弾けて、大道芸人じゃいけない。どうしたんだ」

身の上を聞いてみると、福二郎も包みかくさず、ありのままをこれこれと話をする。

「それはまことにお気の毒だ。じゃァ、あたしのところへおいでなさい。いやいや、決して悪いようにはしないから」

扇橋の家に連れてきて、居候ではなく、客分扱いというのでまことに丁重にしてくれる。寄席なぞへ連れて行きましては、こういうもんだ、ああいうもんだと、まことにいろいろ、親切に教えてくれ、家へ帰っても、芸のことについてあれこれと教えを受けまして、芸の道もおいおいとのみ込めてくる。

いままではそういう、人の情けというものをあまり受けたことがない福二郎、扇橋のまごころあるとりなしに涙を流して喜んだ。

手をついて、

「どうか、師匠の弟子にして下さい」

と頼みこんだ。

もうよかろうという時期をみて、これから弟子のおもだったところをずうっと、扇橋の家に集めました。

その当時、まず麗々亭柳橋という人が第一の弟子でございます。そのほか、船遊亭志ん橋、扇龍、扇昇、扇蔵などというのが、真打として活躍しておりました。

そこで扇橋が、じつはこれこれこうだと、福二郎を紹介して、

「あたしは聞いていいと思う。けれどもお前さんたちが引き立ててやってくれなきゃ、この男も、とても辛抱ができない。内輪に売り物ができるんだから、どうかあたしに花をもたして、この男を引き立ててくれないか……どうだ」

「師匠のおっしゃることなら、われわれは決していやとは申しません。及ばずながら力になりましょう」

と言ってくれたので、扇橋も喜んで、福二郎に、じゃお前さん、ここでやってごらん、と芸をやらせると、聞いて一同、感心した。

さて芸名ですが、何とつけたらよかろう。

その当時、上方のほうで流行りましたのが、「よしこの節」という、都々逸と同じようなもんですが、これが当人、たいへん得意でございまして……。

「よしこの」のほうは、唄ったあとで「ああ、ヨシコノ、ヨシコノ」というはやし言葉が入るんですが、この福二郎のやったのは、

ドッコイ　ドッコイ　ドッコイ
アア　都々逸　都々逸
都々逸ァご順だ
さっさとおやりよ
そして三味線を、〽チリチッ、ツン、ツツン、と弾く。
この、都々逸というはやし言葉が先へ耳に入るんだから、都々一坊……扇橋の扇をとって、下に歌という字をつけて、扇歌……都々一坊扇歌。こりゃよかろうというので、いよいよ名前も決まりまして、初めてこの人が舞台へ出ましたのが、文政八年、八月一日。牛込わら店《だな》という席へ、ぶっつけ真打でございます。
扇橋が前で口上をのべて、
「どうかお引き立てをいただきますよう」
と、挨拶をした。
で、扇歌が出まして、唄った都々逸が、
乗り出した船じゃ沖の果てまで
さっさやりましょ
おも舵取り舵ゃ

扇橋師匠の胸じゃいな

ふるいつきたいようないい声で、いや、そのまた節回しのいいこと、客は思わず、うーん

……と唸ったといいますが、たちまちにして扇歌は大変な人気でございます。

当時の若い者や、小僧が表を歩くのに、

アア、どどいつ、どどいつ

どどいつァご順だ

さっさとおやりよ

なんてんで、一つの流行ことばになったといいます。

江戸市中はもちろん、果ては日本全国にこれが行きわたりまして、都々一坊扇歌といえばどこでも知らない者はないという、いやもう、大したもので……いまもって唄っております都々逸というのは、この扇歌が唄い始めましたものでございます。

＊『庖丁』

音曲の司

昔はこの、義太夫というものは音曲の司《つかさ》と申しました。もちろん、演ってむずかしいもので

はございますが、しかし聞いておりましてもまことに面白いもので……。

あたくしも小さい時分、義太夫をやったことがありますが、言葉がよければ節の方が悪いとか、節がうまい人は言葉が悪いとか、どちらかへ片寄るもんで、ま、これが両方とも備わっているというのが商売人でございましょう。

とにかく、義太夫だけは、どんな田舎へ行っても必ずわかるもんだといわれたんですが、どうも世の中が変りますとそうもいきません。

いつでしたか、あたくしが床屋で頭を刈ってもらっているとき、その時間にちょうど義太夫がありまして、床屋の主人もあたくしのことを知っていますから、あァこれは聞くんだろうてんで、若い職人に、

「おい、……あの、ダイヤルを回してごらん」

「へい」

てんで……義太夫が始まったなと思うてえと、すぐダイヤルをほかの、歌謡曲の方に回しちまった。主人が、

「おいおい、何をしてんだな、おい。どうしたんだい、かけないのかい?」

と言ったら、

「へい。なんだか変なものが出てきましたからよしましたんです」

と、こう言う。変なもの……って、義太夫を聞いたことがないんですね。あの声を聞いて、びっくりしたんですな。なるほど、どうも世の中も変ってきたもんだなと思いましたが。まァ、申すまでもございませんが、昔は義太夫は大変に流行をいたしました。

元禄時代、大阪に竹本義太夫という方がおりまして、こりゃもう大した名人でございます。また時を同じくして、近松門左衛門という戯作者が出、これが名文を書くというわけですね。その時代の世話物というと、これはまァ、いまでいうニュースですね。なにか心中でもあったということを聞くとすぐにとんでいきまして、これを取材する。男はどういう者であったとか、女はこういう生まれで、こうこうだという。どういう理由《わけ》で心中をしたのかなどということをすっかり調べあげて急いでこれを文章に書きます。これがいまもって残っております世話物でございます。

で、竹本義太夫のところへ届けると、これに節づけをし、そして出来たものを上演する。ま、人形でいろいろの所作を見せ、名人芸の義太夫が美音《びおん》で、みっちり語って聞かせるんですから、こりゃァ面白い。もちろん、戯作ですから、本当のことばかりではないでしょうが、門左衛門はこれをいろいろに、面白く書き上げて、すぐに見られるんですから、娯楽が少なかった昔としては、こんなに楽しいことはございません。そのために、義太夫は大変に盛りました。

そのうちに追い追い、関西から関東の方へこれが流れてくるというわけで……。

寄席というものができましたのは、寛政十年と申します。

それからだんだん、市中に寄席がふえ始めまして、落語、講釈、そのほかにこの義太夫も上演されるようになる。そのうちに、女義太夫というのができまして、これがまた大変な流行《はやり》かたで……若いきれいな娘が浄瑠璃を語るので、娘義太夫などとも呼ばれました。

もう若い者なんぞ夢中になってお通いになる。町人だけがごひいきだと思うとそうでなく、お侍でもずいぶんいたんだそうです。

旗本の次男、三男、または勤番者が、夢中になって娘義太夫の尻をおっかけたといいますが、トッチリトンの文句の理由がわかりますね。

いかに納まる御世じゃとて
武士はにごりを打ち捨てて
みな竹本の節につく
送る娘のほどのよさ
殿のお供は欠かしても
娘のお供は欠かされず
粉骨砕心これつとめ

柔術《やわら》剣術習わいで
　やっぱりしないで苦労する

　ご親切にちゃんと太夫の家まで迎えに行って、寄席へ送り届ける。ご自分は木戸銭を払って、中へ入って聞く。で、御仕舞いになると、また、その娘について家まで送るというわけで、もちろん昔のことですから、いまのように図々しい人間はいない。ちゃんと門口まで送って、礼儀正しく帰ってくる。これが一人や二人じゃない。大勢、ぞろぞろくっついていくわけで……こういうのがつまり、どうする連といいまして、これは天保時代からあったという古いものでございます。

＊『後家殺し』

奈良名物

　古いたとえに、「名物にうまいものなし」なんといいまして、あそこへ行ったらなにを食べよう、と楽しみにしていて、いざ行ってみたら、どうもあんまり、うまいものがない。そりゃまァ、珍味もございましょうが、宣伝ほどにうまくなかったというんで、「名物にうまいものなし」と悪口を言ったんでしょうが……。

その土地土地によって、名物はいろいろ違います。
江戸と申しました時代の、江戸の名物は、
武士、鰹、大名、小路《こうじ》、生鰯、茶店、むらさき、火消し、錦絵。
これにまだ追加がありまして、
火事、喧嘩、伊勢屋、稲荷に犬の糞。
なんという。あまり江戸には、いい名物はありません。
これが京都へ行きますと、まことにきれいでございまして、
水、壬生菜、女、染物、針、扇、お寺、豆腐に、人形、焼物。
これが京都の名物といわれております。
大阪へまいりますと、
船と橋、お城、惣嫁《そうか》に、油、蕪《かぶら》、石屋、揚屋に、問屋、植木屋。
という。
すぐとなりの、奈良という古い都へ行きますと、
大仏に、鹿のまきふで奈良晒し、春日灯籠、町の早起き。
まだほかにございまして、
奈良茶、奈良漬、奈良茶粥。

屁でも音《ね》のいいのを、おならといって……そんなものは名物に入りませんが、まことにいい土地でございます。

いにしへの奈良の都の八重桜　けふ九重に匂ひぬるかな

という歌の如く、国宝なんぞがざらにころがっているといってもよろしいくらいの土地《ところ》でございます。

奈良というところは、いろいろ他の土地と違ったものもございますが、あたくしが向こうへ行って一つおぼえたものがあるのは、三笠山という有名なお山がありますが、そういう山があるんだと思っていたら、そうじゃないんですね。三笠山という山ではなく、総称したものを言ったんだそうで……いまでは若草山というのが、これが三笠山なんだという説明なんですが、もう一説には、これは違うというんですな。

何故違うのかというと、有名な阿倍仲麻呂という方のお歌に、

天の原ふりさけ見れば春日なる　三笠の山に出でし月かも

というのがあります。

してみれば、三笠山から月が出なければならない。若草山からは出ません。じゃァ、どこが本当の三笠山かというと、春日神社に三つ、お社《やしろ》が並んでいますが、あれに向かって左の方へ鉤の手に曲がって行きますと、お社のちょうど横に「寿月館」という建物があります。

賢所《かしこどころ》が昔、ここでお月見をなさったというので「寿月館」というんだそうですが、ここから春日様の屋根を越して、向こうに山が見えます。いちばん前にあるのを法山、その後ろに山が笠をかぶったように出ているのを春日、それのまたさらに後ろに、大きい山がありましてこれを花山というんだそうです。

法山、春日、花山、この三つを総称したのを三笠山というんだそうで、この後ろからはなるほど、月があがります。

それから春日神社には、榊の代わりに、竹柏《なぎ》というものを供えます。それには小さい実がなりまして、それをつぶすと油が出る。それを春日様の御灯明に使うということを聞いておりますが……。

春日灯籠というのは、ずいぶん数がございますが、あれへ全部灯が入ったところはさだめし壮観でございましょう。あれは年に二度だけ、節分と、それから盆の十五日、この二日だけ灯りを入れるそうです。例祭でもあれには灯が入らないと聞いております。

それに面白いのは、春日灯籠と鹿の数を三日三晩で正確に調べたものがもしあったら、長者になれるというたとえがありまして、そのくらい数の多いものでございます。

まァ、春日灯籠のほうは、印をつけていけばわかりましょうが、鹿は動きますからね、どうにもしようがない。第一、顔でおぼえてえわけにもいきません。どれが兄さんか弟か、区別がつきませんで……いまはラッパを吹くと、宿所がありまして、そこへ鹿が帰ってきて寝ます。じゃ、そこで調べたらいいでしょうと言ったら、全部の鹿が帰ればいいんですが、いくら知らせをしても中には帰ってこないのがある。ぶらぶらして、外泊をしたりするのがあってね、不良の鹿がいるので、数はしかとわからないてえましたが……。

昔は百頭内外といったそうですが、いまは大変に数が増えまして、一千頭内外にはなっているだろうというんですが、これも正確なことはわかりません。

常陸の国から昔、神様が白鹿へ乗って奈良へおいでになりました。で、その後裔が、いま、町にはなしてある鹿だというんですから、鹿というものには大変敬意を表して、昔は参議《さんぎ》、あるいは関白というえらい身分の方でも、春日参詣をしましたとき、鹿に出会うと、乗り物からおりて、ちゃんと手を合わして礼拝したものだそうです。そのくらいですから、はなしてある鹿は大事にしなければいけない、はなしてある鹿は大切にしろ……はなしかは大事にしろ、てえまして、あそこへ行きますと噺家てえのは大したもので……。

あたくしなぞも、うしろから拝まれたことがある、嘘じゃありません。もっとも、前に大仏様があったから、これはまァ、どっちが本当かわかりませんが……。

＊『鹿政談』

湯屋と風呂屋

昔からこの、江戸では「湯屋」と申しまして、関西の方では「風呂屋」といいますが、江戸でももちろん、風呂という言葉を使わないことはございませんが、銭湯はみんな、湯屋といいました。

丹前風呂とか五右衛門風呂なんというのもありますが、

「どうだい、おい、ひとつ湯へ行こうじゃねえか」

なんてんで、お湯へ入る。関西の方では、みな「風呂」と申します。

「どや、風呂行こか」

なんてんで……。

だいたいこの、構造から違うようで、関西へまいりますと、湯船が真ん中に出ておりまして、そのまわりにずうっと段がついている。これへ足をかけて中へお入りになる。

出てきた人が、そのふちへ腰をかけて、お湯を汲み出して洗うんですが、洗う方は便利でいいでしょうが、混み合ってくるとどうも邪魔っけで困りますがね。やはり習慣でそうなっております。

一方、江戸から東京になりましても、こちらでは湯船が真ん中にあるなんてえのはございませんで、湯船というものは一方へちゃんとついております。

それから、いまはカランというものがありまして、押しますとお湯や水が出てきます。まことにこれは衛生的でよろしいが、あれになってからはそんなに時代がたっておりません。明治、大正、その時代にはやっぱり、中から汲み出しました。

女湯、男湯の、ちょうど真ん中のところに湯船と、あがり湯、これはおか湯といいまして、それから水船がその隣りにありました。手桶でこれを汲み出して使うんですが、第一、水をうめるときは自分じゃうめられない。あの真ん中にある羽目板を、トントンと叩く。そうすると三助がうめてくれるというわけで……勝手にぬるくしちまうなんてわけにはいきませんで、こりゃまことに不便なものでした。

それから、夜のお湯屋というのは、いまから考えればずいぶん暗かったもので、灯りは八間《はちけん》と申しまして、形が八角で平べったいものが、天井から下がっている。中にお皿が入っていまして、油が入って、灯心というのがどっさり出ております。これへ火をつけるんで、だから明るいてんですがね、いまから考えりゃそんなもの、明るくも何ともない。夜になるとなんとなく薄暗くて、気味の悪いもんでしたが、まァそれでも用は足りていたんですな。

それからお湯屋には、二階というものがありました。あたくしは田舎の方に行って、おぼえがあるんですが、番台の脇に梯子があってそれを上がると、そこには脱衣所なぞもあり、お湯から上がると、おばさんがちゃんと坐っていて、お茶なぞを淹れて出してくれる。で、こいつを飲む。お茶菓子なぞも売っておりますから、ただお茶だけ飲みっ放してえわけにもいかないから、このお菓子なぞを買ってちょいとつまむというわけで……。

碁盤だとか、将棋盤なぞもありまして、ここで暇つぶしをしている人もある。

これはごく昔のことでしょうが、女湯を覗く穴があったそうで、考えてみるとけしからんもんですね。男湯から女湯を覗くんですから、いまそういうものがあったら、あたくしなんぞ一日かかりっきりで覗いていたいと思いますが、なくなってしまったのがまことに残念でございます。

日本人てえのはまことにお湯が好きでございまして、お職人なぞはたいていは朝湯へ入って、これで体を清めて仕事にいったものです。

ですから、朝湯てえのは熱いというのがふつうでした。

あたくしの師匠が大の朝湯好きで、旅へ行きますと、一緒にお供をして行かなくちゃならないんですが、どうも熱い湯へ入らなければならないので、初めのころはそれがいやでたまらなかったものです。ちょいと手をつっこんでもびりびりとしびれるようなお湯で……それが、慣れってのはおそろしいもんで、我慢をして入っているうちにだんだん熱いお湯へ入れるようになりました。

それでおかしかったのは、下関へ行きましたとき、師匠と一緒にお湯へ行きました。するとと、湯船が三つばかりありまして、ひとつだけは大変お湯が澄んできれいで、東京湯という札が下がっております。いろんな名は聞いているが、東京湯ってのは聞いたことがない。べつに薬も入ってるわけじゃない、ただきれいなだけで、それも透き通っている。手をつっこんでみると熱いんです。ほかの二つの湯船は濁っているので、こっちはその、東京湯へ入りました。帰りがけ、番台に主人がいたんで聞いてみた。

「東京湯ってのは、いったいどういうわけなんだ」と言ったら、

「いいえ、熱いんでございます」

という。

ははァ、なるほど。東京の人は熱い湯が好きだから、特別にそういう名前をつけて熱いのをこしらえておいたんですな。なるほど、熱いから誰も入り手がない。したがってお湯も濁らず、きれいなんですな。やっとわけがわかって、あとからみんなで笑ったことがありました。

田舎の方へ行くと、たまにお湯のぬるいところがありますがね。

いつか仙台の方に行ったとき、お湯に入りました。これがどうも、なかなかいいお湯で、

「いい湯だねェ。どうも田舎にしちゃ珍しいね」

なんてんで、連中が話をしていると、威勢のいい彫りもんだらけのにいさんが、

「おい、どうだい、いい湯だろう」

「ええ、いい湯ですね」

「あァ、ここまでするには、おらァどのくれえ喧嘩したかわからねえ」

その人がみんなを仕込んで、はじめはぬるかったんでしょうが、みんなと喧嘩をしちゃァ、うめるな、うめるなてんで、やっとこさと湯を熱くしたんだという話を聞いておかしくなりました。

＊『浮世風呂』

焼餅

捨ててみやがれ　ただおくものか
わらの人形に五寸釘

という古い都々逸がございますが、女が焼餅を焼くと、まことに恐ろしいもので、相手を呪い殺してやろうという……。丑の刻参りといいまして、頭へ蠟燭を立てて、深夜に山の奥深くわけ入って、わらの人形に五寸釘を打ち込みます。これで相手を呪い殺すんですが、これは人に見つかっては効力がなくなるんだそうで……恐ろしいものでございますな。

焼餅を焼かせるのは男が悪いんだなんてえますが、それもありましょうけれども、嫉妬心が深いということは、男よりは女の方がはるかに勝っておりまして……あんまり勝られてはありがたくありませんが……。

昔、九州筑紫の松浦党という、あの辺の豪族でございましょうが、加藤左衛門尉繁氏という侍がおりました。

本妻とお妾と二人、一つ家におきましたが、これが非常に仲がいい。互いに睦み合って、姉妹同様という……ああ、これなら、うちも円満に納まっていく。いい塩梅だと、内心、繁氏も喜んでおりましたが、ある日のこと、ふと部屋を覗いてみると、二人の女が疲れたとみえて、ぐっすり寝込んでいる。そのうちに二人の頭の毛が伸びて、いつか蛇《くちなわ》になりましてこれが噛み合っている。これを見た繁氏が、

「ああ。どうも、女というものは嫉妬深いもの。これは罪なことをした」……もう世の中がいやだというので、すべてのものを捨てて高野山に登りまして、出家遁世してしまいました。

ところがそのご本妻に石童丸という男の子がありまして、だんだん大きくなってくるにつれ、まことに父が恋しい、どうかして自分の父に会いたいという願い。母もいろいろになだめたが、どうしても当人がききません。仕方なく子供を連れて、高野山をたずねようというわけですが、しかし女人禁制といいまして、あのお山には絶対女は登ることはできません。それで、女人堂

というところまでは登って来ましたが、それ以上は仕方がないので石童丸だけをその山へ登らせて、父をたずねさせたといいます。

とにかく、焼餅というのは、これは男女ともにあるんでございますが、もう一つ、女は男に従順でなければいけないというんですね。ですから、髪にさします櫛、あれはべっ甲といいまして、亀の甲羅でできております。亀の子というのは、おとなしいものでちょいと頭にさわっても、すっと首を引っこめる。手にさわるてえと、これもすっと引っこめる。その亀の子のように、女というものはおとなしくなければいけないと、それでべっ甲の櫛をさすんだといいますが、これはもう、上流の方で、われわれの方へくるとそうはいきません。べっ甲なんてのは高いものですから、馬爪《ばず》といいましてね、馬の爪でできた櫛をさしている。だから、なかなか言うことをきかない。

亭主が一言、何か言うと、

「何を言ってるんだよ、お前さん。そんなことといったってそうはいかないよッ。ヒヒヒーン」

なんてんで、いなないたりしてね、亭主を前足で蹴とばすという。どうもひどいもんで……。

もちろん、焼餅といいましても、上中下とわかれておりまして、上流へいくってえとむやみにこの、表面《おもて》へ出しません。じっと芯で焼いております。芯焼き、または内向悋気といいまして、焼餅の結核性みたいなものでかえってこういうのはたちがよろしくありません。

中流へいくと、むやみにまた、おだてるやつがありましてね。忠義顔に、細君にいろいろ節介をやくやつがある。そこでますます、奥さんの馬力が強くなるというわけで……。

それが下等社会へくるってえと、亭主が帰ってこないってえとね、焼餅ばかりじゃない、いきなり財政の方へ及ぼしてきます。財政と焼餅が合併しますから、ことが重大で……まァ、焼餅もほどほどに焼くのが肝要かと存じます。

＊『一つ穴』

大道八卦見

昔からこの「当たるも八卦当たらぬも八卦」なぞとよく悪口を申しまして、易というものは信じないという方も多いようでございます。

「ああ、あんなものは当てにはなりませんよ。あんなものは当てずっぽうだから」

なんといってね、悪くおっしゃる方がありますが、易の歴史というのは、二千六百年とか七百年とかいう古いもので、いくら当たらないと悪くいってもその間、ずうーっとばかな人ばかりでそれだけ続いていたのかといいたくなりますが……。

易というものは決してばかにするものでなく、確かに当たるんだそうです。

もちろん、本当に易をたてようというには、見る方、見られる方双方ともに、二十一日は精進潔斎をいたします。心身ともに清めて易をたてる……さすれば、必ず天からその易の御託宣がくだるということを申します。ところが大道でね、安直にみようなんという先生方は、身を清めるなんて、そんな暇はありませんし、向こうから来る人の顔が鮭《しゃけ》の切り身かなんかに見えたりしてね、何とかして早く金を取ろうと待ちかまえております。

迷ってくる客のことを亡者といいましてね。田舎の方なぞはもの珍しそうに、キョロキョロしながら道を歩いてる。こういうのはいいカモだから、ひとついくらかにしようなんて、一段と声を張り上げまして、

「ああ、今日は師匠の十三回忌である。手相だけは無料《ただ》で見て進ぜる。いまのうちは無料である。今日は、師匠の十三回忌である」

「へへ、あんなこと言ってやがる。この間も師匠の十三回忌だって言ってたけど、今日もまた、同じことを言ってやがる」

「何だ、子供はそっちへ行ってろ。それはわしではない。他の易者だ」

「へへ、違《ちが》わい。額のほくろに見おぼえがあらァ」

「何だ、あべこべに人相を見るな」

なんてんで、はなはだ怪しいのがあります。

無料《ただ》で見るなんてえと、田舎の方なんぞはじゃ見てもらおうか、なんてんで、うっかり手を出す。こうなるともうしめたもの。いったん押さえた手は、すっぽんがくいついたようでちょっくらちょっとははなしません。

「うーん、お前はなんだな。どういう土地の者で、名は何というか、わしがぴたっと当てて見せる。それが当たったならば今度は金を出して見させなさい」

「ほう。そんだなこと、先生、わかるかね」

「ああ、確かに当ててみせる。お前は、石見《いわみ》の国、平郷山形村だな。うーん、百姓与左衛門の倅、与太郎であろう。どうだ」

「ふーん、偉えもんだねえ。先生、よく当たるね」

当たるわけで。もってる笠の裏に書いてあったんで、そいつを端から読んだんですから、これはなるほど当たりますがね。こういうのはあまりどうも、当てにはならない。

まァ、大道占いだからなんてんでばかにいたしますが、中にはなかなかうまい先生もございます。

＊『近江八景』

隅田川の風情

江戸と申しました時代に、隅田川というのはこりゃァもう、まことに何ともいえない趣きがありましたもので……。まァ、四季おりおりの遊びもあります。月見、花見、または雪見など、何につけてもあの隅田川というところは、江戸の庶民のひとつの楽しみ場所だったんでございましょう。

いまでも東京の名物といえば浅草海苔なんてえますが、昔は本当に、浅草あたりで、篊《ひび》を立てまして、海苔がついたもので、そのほか白魚だとか、鰻なぞもとれまして、隅田川からはずいぶん収穫をえていました。

ところが、だんだん人口が増えてくるにつれて、そういうものがおいおいなくなってきて、いまでは堤が立ってしまいましてね、川なんぞまるっきり見えない。ひとしきりは非常な悪臭を放ちまして、困ったものでした。

あたくしのまだ若い時分には、あすこで水泳をしていたもんで、人形町の方から行きまして、ちょうど突き当たりでございますね。

浜町河岸という。あの辺に水泳場がありまして、向井流だとか、やれ何流だとか、流名を書いた板がやぐらのように高く、ずうーっと四、五間並んでおりまして、みんな隅田川で泳いだもんです。下帯にも赤、黒、白といろんな色がありまして、これはまァ、先生だとか生徒、何級なぞを表したものだそうですが……。

それからもう一つ、あそこにポンポン蒸気という船がありました。走るとポンポンポン……と音がするるので、一名ポンポン蒸気。両国から浅草へ行くときなぞは大変風情がありましてね。埃を浴びず、川風に吹かれながら、夏場なぞはいいものでした。

以前は一銭蒸気といったそうですが、あたくしの時代には、もう三銭ぐらいとっておりました。

また隅田川の名物といえば橋でございましょうね。じつに沢山の橋がありますが、中でいちばん古いのは「千住大橋」だそうで、文禄三年と申します。

それからのちに架かりましたのが、「両国橋」。元禄時代になって「新大橋」「永代橋」。「大川橋」は、安永三年というからそのあとでございますが、のちに「東橋」から「吾妻橋」に変りまして、どういうわけか身投げの名所になりました。

明治になってから「厩橋」がまず架かり、「駒形橋」「蔵前橋」「清洲橋」と増えてきました。

そのほか、あの川には「渡し」というものがずいぶんありまして、中でもっとも繁昌したのが「おんまやの渡し」といいまして、いまの厩橋でございます。あすこは交通量が多かったせいか、たいへんに繁昌いたしました。

ところが、天保九年の十一月十六日、本所の秋葉神社のお祭りに出かける参詣人をのせましてね、制限すればいいのに山積みにして船を出した。ところが風のひどい日で、ちょうど川の真ん中へさしかかったとき、にわかの突風がおこりまして、これが転覆してしまいました。助かったのが十人内外で、あとは死骸もあがらなかったという……そのために三日ばかりは通行止めになったというほど、えらい椿事でございました。

この事件以来、江戸には「おっこち」という言葉が流行り出しましてね。はじめは、人が落っこったから、おっこち、おっこちといっていたのが、いつかこの、意味が変ってきましてね。男と女がなにか妙な仲になったのを、おっこちだ、なんてえことに変ってきたんで、

「あの、煙草屋の娘、なんだなァ、源さん、だいぶおっこちだね」

とか、

「あの後家さんはなんだよ、近ごろおっこちだねェ」

なんてんで、本来の意味からずれて使うようになりました。

＊『岸柳島』

吉原の祝儀

昔は、男の道楽というと、酒、博奕《ばくち》、女郎買い。これはどれをやっても金がかかりましてね。そこへいくとご婦人の方は、芝居、唐茄子、芋、こんにゃく、という。これは経済的には大変安くあがります。

いくらご亭主が浮気をしたからといって、おかみさんがやけをおこして、さつま芋を八貫食べたなんて……そんなには食べられませんから、安上がりでございます。

まァ、お芝居なんというものは、これはもう前々から予定もわかっておりますから、近所へ吹聴しているのがある。

「ちょいと、あたしね、あの明後日《あさって》は歌舞伎へ行くんですのよ」

「あらまあ、いいわねえ。どなたと」

「おかあさんと一緒に」

「羨ましいわねえ。あたしも行きたいんですけど、どうしても忙しくて行かれないのよ。見て帰ったら、ぜひその話を聞かせてね」

なんてんで、いろいろ、行く前に宣伝をしていらっしゃいます。

男の方《ほう》はあんまりそんなことはありませんで、

「なあおい、松っつァん、いよいよ明日ね、あっしゃ女郎買いに行くからね」

「そうかい。だれと？」

「ふふふ、うちの親父と、水入らずで行こうてんで」

「うまくやってやんなァ。おれも行きてえんだけど銭がなくってだめなんだよ。じゃ帰《けえ》ったら、ぜひ、のろけを聞かしてくんねえ」

って、そんな馬鹿な奴はいない。

まァ、男のかたは、ちょっとお酒でも召し上がって、

「どうだい、ひとつこの勢いでくり込もうか」

なんてんでね、アルコールの勢いで動くという、おもちゃの汽車みたいなもんでございます。

お若い方はご存知ございませんが、昔は吉原という結構なところがありまして、この張見世といってね、ずうーっと花魁が並んでおります。入口のところに若い衆という人がいる。若い衆といったって、たいして若くはない。頭の禿げた年配の人もおりましたが、いくつになりましてもあの廓《さと》では、若い者といいます。これはまたの名を「妓夫《ぎゆう》」なんていいましてね。何か踏んづけられたような名前ですが、大見世へ行くと、これをただ「ぎゅう」とはいわない。ロース、ひれ、なんていう。小さい見世では、切り出し、こま切れ……そんなことは言いませんが……。

この若い衆というのが、いろいろお客様にすすめて、

「いかがでございますか。ひとつぜひ、ご理解をいただきたいのでございますが、いかがでご

ざいましょう」

なんという。

「じゃァまァ、そう世話をやかれて、このまんま別れるのも残念だから、じゃひとつ、厄介になるか」

「へい、ありがとう存じます。へいッ、お上《あが》りンなるよーッ」

送り声というものをかけます。

これから幅の広い梯子を草履をはいて、とんとんとんッ、とかけあがる。突き当たって右か左へ曲がると、おばさんの部屋というのがあります。

おばさんというのがどこの見世《うち》にもおりましたが、べつにこれは親戚でも何でもないんですが、みんなでおばさん、おばさんといいまして、

「ちょいと、おたつどんのおばさん」

「はーい」

なんてんで、返事をして、いろいろ花魁とお客の間のとりもちをいたします。

あれを一名「やりて」といいます。遣手《やりて》……やりてえったって何もくれやしない。向こうがもらいたがってしようがない。

遣手とは仮りの名じつはもらいてえ

総花に重き枕を遣手あげ

なんという川柳がございます。

総花というのは、その見世全部の者へお客様がご祝儀をきることで、これは遊びの中でもいちばん豪勢でございます。そうなると表方から、寝ている人にまでちゃんとご祝儀だけはとどくというわけで……。

いまや息を引きとらんかという病人の枕元へ行って、

「おばさん、総花ですよ」

なんてえと、もう死にかかってるのが、枕から頭を持ちゃげて、

「はァはァ、はァそうですか。どうも、ありがとうございます」

なんてんで、もうじつに、物をもらう執念みたいなもので……。

このおばさんには、どうしてもお客様から祝儀というものをお出しになる。チップでございますね。

どのくらい出すのかというと、あたくしどもが遊んだ時分に、大見世はともかく、小さいところへ行くとまず一晩遊んで、二円とか二円五十銭。三円まで出せばもう立派なもんで、その中で五十銭はどうしてもおばさんにやらなくっちゃならない。二円の勘定で五十銭てえと、ずいぶん高いもんで……。これは源泉課税ですからね、どうしても向こうへ取られるようなこと

になっている。

まァ、やらなくてもいいんですが、やらなきゃどうなるかってえと、敵娼《あいかた》がそばにいるとこれを無理に連れてったりなんかする。

「ちょいと、ちょいと、お前さんだめだよ。あんなお客にくっついていたってしようがないね。もういいよ、そっちは。こっちへ早くおいでなさい」

なんてんでね。せっかくそばへついている妓《おんな》を、無理やりに引きはなして連れてっちゃう。で、そういう仇《あだ》をされないように、おばさんなるものに、ご祝儀をきるというわけで……。たいてい五十銭でしたが、これはおきまりですから、向こうはお礼は言うがあんまりいい顔はしない。

「あ、あ、そうですか。どうもすみません。ふんふん」

なんてんで……鼻の先で、ふんふんという。

これが一円やるってえと、このふんふんへいくらかお世辞がつこうというわけで、

「あら、そうですか。どうもすみません。ありがとうございます。いただいておきますわ。あなた、浮気なんぞをしちゃだめですよ。この間、なんでしょ、ほかの見世へお入りになったでしょ? 知ってますよ。だめ、隠したって。うちの子供が見てたんですよ。花魁にいいつけたら、もう口惜しがって、泣いていましたよ。ほうぼう迷わせるんじゃないわよ。罪つくりね」

なんてんで、背中をポーンと叩かれる。これが一円。

これがあなた、二円もやってごらんなさい。なんだか物事が長びいて、こんがらかってわけがわからなくなる。

「あらッ……まあ、どうもすみません。ありがとうございます。頂戴しときます、花魁、ご祝儀をいただきましたから、あなたからもよろしくおっしゃって下さいまし。本当にありがとうございます。なんですよ、ちょいちょい顔を見せておやんなさいよ。花魁に取り殺されますよォ。あら、何を……油をかけるって？　まあ、あんな憎らしいことをねェ。油どころじゃないの。この間なぞ、もう大変な騒ぎがおきたんですよ。ちょうど検査の日、花魁がね、お部屋で手紙を書いていたんですよ……何を、どこへやるって？　決まってるじゃありませんか、あなたのところへですよ。いいえ、たいした用でもないんですよ。ただ検査が無事すんだから、安心をしてくれ、とか何とかいうんでしょう。その書いていたのをね、小町花魁が覗いてからかったのよ。よせばいいのに、口返答したから、さあ、もう勘弁しないてんで、二階中集まって胴上げにして、あとでおごらせるの何のってんで、もう本当にえらい騒ぎ。商売人を迷わせるなんざ、本当に罪作り、色男、色魔……」

横ッ腹へ、どーんと拳固がくる。これが二円。五円やったらピストルを向けられたってえが、まさかそうでもありませんが……。

＊『錦の袈裟』

白馬の大嘘

昔から嘘をつくことはいけないといわれまして、あたくしども子供の時分に嘘をつく者は泥棒のはじまりだよ、なんと面白いことをいったものです。

なるほど、人の害になる嘘はいけないといいますが、初めからこれは嘘だとわかっているような嘘は、これはべつに罪はございませんで……。

あたくしが子供の時分、明治末期でございます。

その当時、三遊亭白馬という噺家がおりまして、前座、二ツ目というんですが、まァ二ツ目になったんでしょうが、前座のたりないときなぞはときおりは使われるというような、これはごく下積みの噺家で、そのころもう六十を越していたでしょう。なりはというと、見るからに何か汚らしいんですね。

もちろん、噺家の下回りで貧乏ですから、なりも悪いし、風采も上がらない爺さんです。しかし、この人は至極真面目でございまして、楽屋でも腰は低いし、言葉でも何でも丁寧でございました。

ところが、出し抜けに一晩席を休んだんですね。

当時、無断欠勤というのは喧《やか》ましゅうございましてね。もちろん上の人は無断欠勤をしたって、これは大威張り……てえこともないが、休むことはときおりありましたが、前座とか売れない二ツ目なんてえものは、それは厳しかったんで、

「どうしたんだろう、白馬」

なんてんで、噂をしている。

その翌晩になりますと、当人ちゃんと出てきましたので、楽屋の者が、

「どうしたんだ。ゆうべ休んだね」

「へえ、どうもまことに申しわけがございません」

「申しわけがないってえけども、それよりも病気でもしたんじゃないかと思って心配をしていたんだよ」

「へえ。じつは、よんどころない所へまいりまして」

「よんどころない所？　親戚かい」

「いえ、そうではございません。じつはこういうことはあまり申し上げたくないんでございますが……」

「うん」

「宮中へまいりまして、陛下にお目にかかりました」

これはどうもね、びっくりしました。

なにしろ明治末期ですから、宮中に伺って陛下にお目にかかったって……口に出すさえ恐れ多いことですよ。お目にかかれるどこじゃない。門のところでまごまごしていりゃ、挙動不審で検束でもされそうな男で……。

それが嘘とはわかっていますが、真面目な顔をして、そういうことを言うんです。聞いている者も、

「うーん……」

てんで、しばらくは唸っている。

「お前さん、宮中へ伺えるのかい」

と聞くと、

「へえ。ときおりお伺いいたします。久方ぶりにお目にかかりました」

「陛下にお目にかかって……ふーん、なんとかおっしゃったかい」

「へい。爺よ、ようきたのう、とおっしゃいました」

これを聞いて、楽屋の者が思わず、ぷっと吹き出しました。

当人はにこりともしない。そんなことは明らかに嘘だってえことはわかっていますが、これ

なぞはじつにどうも、罪がないというか、ばかげきっておりまして聞いているほうも怒るよりも呆れたものでございました。

こういう、人にすぐ嘘とわかる嘘はよろしいんでございますが、なんか本当らしいような、人を陥《おとし》いれるようなことを言う……これはいちばんいけませんですね。

昔、たいへんな嘘つきで評判の男が遺言をしたという。

「あたくしもどうも皆様に大変ご迷惑をかけて申しわけがなかったが、今度はもう所詮助からないと思います。あたしが死んだあとは、寝ている寝台の下をはがして、穴を掘って下さい。その下に瓶が埋けてある。その中の金であとのことはねんごろに頼むから……」

ということでまもなく目をつぶりました。

平生悪い奴だったが、そういうことをしておくのはまことに心がけがいい。仏の遺言というので、早速言われたところを掘ってみる。なるほど、瓶が出てきました。この中に金があると思ったら何もない。その代わり、一枚の紙が入っていて、「これが嘘のつきじまい」と書いてあったてえんですが……なにも死ぬのに嘘をつかなくたってよさそうなもんですが、こういうのが人騒がせな嘘というんでしょうな。

＊『弥次郎』

人騒がせな癖

なくて七癖、あって四十八癖。人には四十八、癖があるといいますね。自分では気がつきませんが、この癖というものは、どなたにかかわらず持ち合わせる品なんだそうです。しかし、あんまりいい癖というのは少のうございましてね。

いまはなくなりましたが、寄席へおいでになりますと、下足札というものを昔は必ずお客様にお渡しをしたものです。

これは履物《はきもの》のしるしでございますね。帰りがけにその札を出すと、自分の履物を出してくれます。

われわれのほうではあれを下足札といいますが、あの札の端のほうを、ぼりぼりかじる人がいるんですな。いろんな人の手へ渡るものですから、手垢もつき、汚くなっているんですから、衛生上あまりよろしくないんですが、どういうわけか、あれをかじりたがるんですな。

これは大抵、いろは順になっておりまして、

「い――何番」とか、「に――何番」なんといいます。

いよいよ寄席がはねまして、

「おうおう、早く出してくれ。『まの二番』だ」

「え？『まの一番』？　あたくしどもに、『ま』てえのはありませんが」

「あるよ、これだよ」

「ああ、あなた。これは『ほ』じゃありませんか」

てんで、片っぺらかじって棒がなくなったなんという、これなぞは人騒がせな癖でございます。

＊『小言幸兵衛』

本卦がえり

昔あっていまはもうなくなったものがいくらもありますが、最近では「本卦《ほんけ》がえり」という言葉もとんと聞いたことがございません。

これは自分の生まれた年に還るという干支《えと》でございますね。まァ、仮に甲子《きのえね》年に生まれた方が、その甲子年になるのは六十一年目にあたります。これを本卦がえり、また、還暦とも申しますが、つまり子供に生まれ変ったという意味で、身寄りの者から赤い頭巾とか、赤いちゃんちゃんこなぞを送ります。祝ってくれるというのは、子供に還ったという意味で祝うものなんだそうです。昔の男は、そういうことでもなければ赤いものなぞは身につけなかったものです。

最近はずいぶん、赤いシャツなぞを着た方がおりまして、あれなぞどう見ても六十一なんかじゃなかろうと思いますが……これはまァ、時代の移り変りで、いろいろ着る色が変ってまいりました。

昔はよく、

「あの人は、本卦だよ」

といっただけで、

「あァ、そうですか、六十一ですか」

なんてんで、すぐにわかったものです。

＊『帯久』

物知りがる

毎度われわれのほうへは変ったやつが出てまいりますが、あまりこの学者なんぞは、噺家のほうには御用がないですな。

ものを知らないというほうが立役者でございますが、中には物知りがるてえのがあってね、何を聞いても決して知らないてえことを言わないという、不思議な人間がおります。

われわれの仲間にもよくいますよ、そういう人が。

その代わり、なんかこう詰めて聞いていくと、何にもわかっていなかったりして……。

「このごろ、なんだなァ、あのILO《アイエルオー》てえいうのがねェ」

「え、なに?」

「いえ、ILOってさァ」

「ILO? あァ、はははは。なんだ、何事かと思ったら……あァ、ILOね。あァ、あれだよ。あァ、わかった」

「いや、わかったってえけどさ。わからねえんだよ。なんだい、あのILOってなァ」

「なんでえ、知らねえのかい、おめえ」

「知らねえから聞いてるんだ。なんだい」

「なんだって……ILOだろ? ……うん、ありゃおめえ、なんだァ、ILOって……インドの王様だ」

「インドの王様? そうかい。おれ、確か一度会ったことがあらァ」

なんてんで、どうもこういう人の言うことは信用ができませんで……。

「近ごろ、なんですなァ先生、アメリカの方で黒人が騒ぐなんてえことを聞きますねェ」

「うーん。どうもあれは、困った問題であるな」

「へえ。あれ、なんですかね、どういうことになるんでしょうかね、しまいには」

「さあ。どうっていって、結局は白人、黒人が大戦争を起こし、黒人が全滅をしてしまうか、あるいはまた白人の方が滅びるか……そこで真の平和がくるというわけだ」

「はあ、大変なことになりますね。そうなるとなんですかねェ、合の子はどうなるんでしょうねェ」

「さァ、どっちが勝っても半殺しになるだろう」

なんてんで、なんだかわけのわかったような、わからないようなことを言う人がある。

こういうのをわれわれのほうではやかんといっております。

＊『無学者』

いい女

昔からこの、いい男とかいい女というと、とかく世間の問題になりやすいもので、往来なんぞを、若いきれいな婦人が通ってごらんなさいまし。若い衆は大騒ぎで、

「お、お、おい、見ろよ。いい女が通るぜ」

「はァ、なるほど。いいねェ。ああいう女てえのはめったにねえな。うーん、あんな女がまま、

になるなら、おらァ命なんざァいらねえや」

なんてんでね、すぐに命を投げ出したりなんかする奴がある。

そのあとからまた、二十五、六になる、いい女が……。

「おっ、おっ、見ねえ。またいい女が……だけど見たようだなァ……え、知らねえかって？　いや、知らねえ」

「ありゃおめえ、伊勢屋の後家さんだよ」

「あ、そうか。去年旦那が亡くなったってえが……うん、うん。うーん、不思議なもんだね。後家様になるてえと、また余計に器量がよくなるねえ。えへへへ、おれの嬶ァも早く後家にしてえや」

なんてんで、じゃ自分が死ななきゃならない。ばかなことを言っておりますが……。

往来なぞで水をまいている。

あまったバケツの水を右へまこうてんで、構えてひょいっと見ると、二十五、六のきれいな人が歩いてくる。この人にかけちゃ大変だというので、方向転換して、今度は左へまこうと、構えてひょいっと見る、こっちにも十八、九のきれいな娘がいる。この人にもかけちゃ大変だってんで、自分の頭にザブーンと、水を浴びたという……ばかな話でございます。

＊『お祭り佐七』

親孝行

いまは親孝行というのがあまり流行《はや》らないようでございますね。寄席なんぞで、親孝行の噺をなんてえと、若いかたがいやな顔をなさいますが、べつに親孝行をしていけないてえことはないんですが、どっちかというと、近ごろは親殺しのほうが流行《はや》るようになりました。しかしどうも、殺すなんてえことは、これはいけません。

まァ若いかただって、もう何年かたてば必ずとしをとる。そのときになって、自分の子供に邪険にされたほうがいいか、大事にされたほうがいいかてえのは、これは言わずともわかっておりますが、どういうもんですか、そんなことは古いとか、時代ではないなんて言いますな。しかし、親孝行に古いも新しいもないいんで、やはり親を大切にするというのは、これは美しいことでございます。

昔から、いろいろ親孝行な人も出ておりますが、美濃のこさじという人は大変な親孝行で、お父っつァんがお酒が好きでございますから、一生懸命働いては、毎晩のお酒を欠かすことなくあげておりました。

ところが、どうしても旅に出かける用事があって、その間の留守中はまことに困るだろうから、どうか滝の水が酒になりますようにというので、神に念じたところ、その心が通じたものか、こさじが汲んだ水は酒になったという。そこで年号を養老と改めたといいますが、えらいもんですね。親孝行の徳で水がお酒になったんですから。

孝行の心を天も水にせず　酒と汲まする養老の滝

という歌がございますが、もっともあれはお酒だからよかったんでしょうな。

孝行で汁粉になった滝はなし　＊『田能久』

という川柳で悪口を言っていますが、なるほど、お汁粉になった滝なんてえのはあんまり聞いたこともありません。

褌と屁越し

昔から「所かわれば品かわる」なんと申しますが、所がかわって品物がかわるというのは違うとおっしゃいます。名前が違うんだと申します。

草の名も所によりて変るなり　浪花の葦は伊勢の浜荻

いろいろその土地柄によりまして方言というものがございます。

昔から「大阪さかいに京どすえ、長崎ばってん江戸べらぼう」なんといいまして、これはみな土地の訛りでございます。

江戸ッ子というとなんだってえと、べらぼうだ、なんて言いましてね、棒を振りまわしたりなにかする。

大阪のほうでは、さかいといいます。「何とかしてさかいになァ」てんで、話にいちいち、さかいがつく。

全国でいちばん、言葉のきれいな土地といえば、こりゃ京都でございます。「ああどす、そうどす、そうおしやしては……」なんという。まことに商いなどするには柔らかでいい言葉でございます。

じゃ何でも京都の言葉でいいかてえと、そうもいきませんで、やはり用いどころがありましてね。この「馬方、船頭、遠方《おち》の人」なんといいまして、馬とか船のようなものを扱うには、やっぱり荒っぽい関東の言葉のほうがよろしゅうございます。

馬なぞを扱いますのに、

「たったったったァッ、畜生めェ。長え面《つら》しやがって」

てんですがね。こりゃ少し無理な話で、長い面ったって馬の顔は大抵長いもんで、あんまり馬の丸ぽちゃなんてのは見たことはありません。

「豆ェ食らって、屁ばかりたれてやがって畜生め、背が曲がってらい。そらァ、たったったったっ」

てえと、馬の方では「ハァーッ」てんでね、坂でも何でも無理やりに登って行きますが、あれが京都の言葉でやさしく言われた日にゃ、馬が言うことをきかないってえますね。

「どう、どう、どう。まあ、長いお顔どすえ。まあ、お豆食べて、おならばっかりしやはって、まあ辛気《しんき》。あんさん、お身が曲がってますがな」

「へェ。あたしゃくたぶれて動けませんがな」

なんてんで、馬が寝ちまったってえますが……。

これはまァ、言葉にはいろいろ扱いどころがあるといいますか、東京と大阪では品物の名称《となえ》もずいぶん変っておりますようで……。

台所を、大阪のほうでは「はしりもと」といいます。それから、現在《いま》はありませんが、引き窓のことを「天窓」。ざるを「いかき」。天秤を「大棒」、おかみさんを「お家《いえ》はん」あるいは「ごりょさん」などといいますね。

石川県の金沢へ行くと、おかみさんを「にゃにゃ」ってえますね。にゃにゃ……なんだか猫みたいですな。旦那のほうが、ワンワンとかなんとか言うと面白いんですが……。

名古屋ではおかみさんのことを「ごっさん」てえますね。おかみさんを「ごっさん」。

久しぶりに会った人には「おう、やっとかめだなも」と言うんですが……なんのこったと思ったら、あれは八十日目と書いて「やっとかめ」と言うんだそうですね。

人の噂も七十五日、という昔からたとえがありますが、七十五日もすぎればさしもの人の噂も消えるという。だから、それが八十日となればだいぶん久しくなったという、一つの言葉の洒落でございますね。「やっとかめだなも」てんで、これを芝居で演ったが具合が悪かったてえます。

『与話情浮名横櫛』、お富与三郎。

頬ッかぶりをぱっと取りまして、

「お富、久しぶりだなァ」

なんてえのは大変いい。

これが名古屋の言葉で演りましたら具合が悪い。

「お富、やっとかめだなも」

これじゃどうも、与三郎が腐っちまいそうです。

それから東京ではお嬢さんというのを、大阪では「いとはん」といいます。いとはん、いとはん……痩せて細っそりしているかと思ったら、かなり太っていらっしゃるのもある。ずんぐりとしてね。そういうのは毛糸のほうなんでしょうね。

坊っちゃんのことを「ぼんぼん」てえますが、ぼんぼんという甘いお菓子がある。大阪の「ぼんぼん」も甘いかってえとそんなことはない。かなりこすっからいぼんぼんだってありますけれど……。

梯子のことを「のんぼりくんだり」なんていうところがあります。なるほど、登ったり下《くだ》ったりするからそのほうが本当かも知れませんが、やはり梯子というほうがよろしいですな。

仕事師で、

「今度は、あいつは梯子持ちだい」

なんてえのはいいが、どうも、

「なんだい金太、今度は、のんぼりくんだり持ち」

なんてんで、これはどうも具合が悪うございます。

それから尾籠なお話ですが、下帯でございますね。あれを東京では、褌《ふんどし》といいます。ところがこれを「屁《へ》越《こ》し」というところがあるんですね。変な名ですなァ。屁越し……もっとも糞のほうは越さないが、屁のほうは越しますから、これでいいんでしょうが……。

何かしても「褌をしめてかかる」てえと威勢がいいが、「おい、しっかりやってこい。屁越しをしめてな」なんてんでね。屁越しなんぞしめていった日にゃどうしても、殴られてきそうな感じがいたします。

それから、東京に「直《なお》し」という酒がございます。味醂と焼酎を割ったようなもので、大阪ではあれを「柳かげ」といいます。京都では「南蛮酒」と申します。

みなこれ、名前が違いますが、大阪のほうで「直し」というのは、履物でございますな、あの雪駄の裏を直す、あれを昔は「直し屋さん」と言いました。

江戸では「でいで屋さん」てえましてね。表へ来るんでも「でい、でい」てんで来ましてね。呼び方も「ちょいと、でいで屋さん」なんてんで呼びましたが、「でいで屋さん」てえのはなにかおかしいようですな。

昔はあれは、履物の手入れ、手入れといって来たんだそうで、「へい、履物の手入れはよろしゅうございますか」。それがそのうち、履物の、というのがもう面倒くさいから上をとっちまって、「ていれ、ていれ」といっているうち、これが訛ったんだといいますが……。

これで間違いができました。

上方見物をしようという江戸ッ子二人、大阪へ着いて宿へ泊まりました。

「おいどうだい。一ッ風呂浴びてから、一杯やろうじゃねえか」

「いいねェ」

「酒は熱いから、なんか冷てえものがいいな。直しがいいかな」

「じゃいまのうちに頼んでおこうじゃねえか。おいおい、ねえさん、あとで一つ、直しを頼まァ」

「へえ、何でおます」

「直しを頼んでくれ」

「直しを……？　へい」

と言ったが、草鞋をはいて来た人が、どういうわけで直しを呼ぶんだろうと思ったが、向こうも商売ですから、直し屋さんを一人頼んできました。

「あのう、直しがまいりました」

「え、来た？　あ、そうかい。なるったけ冷たくなってる方がいいんだけどなァ。首ッ玉に縄つけて、井戸ン中に少しぶらさげといてくれ」

向こうがおどろいた。

客は徳利のつもりで言ったんですが、いくら暑い時分だって、首に縄つけて井戸にぶらさげられちゃ大変だてんで、顔色を変えて逃げ出したなんてえ話があります。

同じ呼び方でもところによって品物の違いからとんだ間違いができるものです。

＊『てれすこ』

吉原往還

いまの方に早桶屋と申してもおわかりがないでしょうが、死人を入れます棺でございます。昔は、あれを早桶といいました。これは早く出来るからというんじゃないかと思います。

よく落語の中に、早桶が買えないから、菜漬けの樽ですましておこうなんという、いまの方がお聞きになったら、なんでその死人を入れるのに菜漬けの樽で間に合わせられるんだろうと、不思議に思われるでしょうが、ちょうどああいった形なんでございます。

もっとも、あんなに太いんじゃないが、細い竹のたががはまっておりまして、前からこしらえておけば、何かその死人があるのを待つようだというので、注文を受けてからすぐにこしらえ上げる。大変早く出来る、それで早桶といったんじゃないかと思います。

その当時は、どんな方でもあの寝棺てえものは使いませんで、あれは外国から来たものでございましょう。

早桶というのは、大正の中頃まで使っておりまして、あたくしどもも知っておりますが、納めるときにはちゃんと膝を前に立てまして、それから合掌を組まして、桶へ入れます。

ところが人間というものは、死ぬと固くなります。硬直するわけで、ですから膝を折ろうとするときに、ポキッてんでいやな音がする。無理にやるってえとなにか仏様が痛がるようで……もう死んじゃってるから痛くも何ともないんでしょうが、まァ身寄りの者やなにかはいやがります。

そのときに「御土砂《おどしや》」という、砂でございます。それを関節のところへかけてさすっていると、これが柔らかくなって、ちゃんと骨が曲がるようになる。だから昔の言葉に、お土砂をかける、ってのがありましたが、そこから出たもんでしょう。そういうものを使って仏様を納めました。

ところが、この大きさというのはちゃんと規格がありまして、並一《なみいち》、並二という。男はたいていは、並一に入れます。並二はいくらか形が小さく、これは婦人用でございます。が、それでは納まらないのがある。背が高いとか、太りすぎているとかいう、それには大一番というのがあります。ゆったりしておりますから、たいていの人はこれで納まります。しかし、それでもいけないときは、図抜け大一番といって、これがいちばんでかいやつでございまして、これへ入れて納めました。

人間、生きてる間は色気と欲というものがどなたにもありますが、それがなくなっちゃった日にゃァ、もうお寺の方へ納まるよりどうにもしようがない。

若いうちは、

「どうだい、ひとつ今夜あたりくりこむかい」

なんてえことをいう。

吉原なんて結構なところがありまして、昔は、あれへ通いますには乗り物は駕籠でございました。「駕籠で行くのが吉原通い」……『深川』という踊りの文句がありますが、たいてい駕籠でおいでになります。

二人で担ぐんですからな、あまり早いものじゃありません。いまの自動車のようなわけにはいかない。二人だけでは遅いというんで、さらにもう一人増えまして、三人で担ぐ。これを三枚駕籠といいまして、これは早かったそうです。

その時分、早くするってことを、三枚などといったもので、

「おい、おれはこれから用があるんだから、ちょいと三枚で頼むよ」

なんてんで、三枚というのを急いでくれと言うようなことに使ったわけですが、なにも親の死に目に会おうってんじゃないんですから、そんなに急いで行かなくったっていいんですが、お若い方てえもんは、もう一時《いっとき》も早く向こうへ行って、女の顔を見たいというわけで、駕籠へ乗ってお出かけになる。

辻駕籠に宿駕籠というのがありまして、いまでいえば、タクシーとハイヤーの違いでしょう。宿駕籠てえと、これはもう若い衆も気が利いておりまして、彫りもの揃いかなにかで、道具万端もきれいだし、駕籠も早い。その代わり、料金が高くなる。

ですから、このタクシーなる辻駕籠を、それもなるたけきれいそうなやつを拾って行こうてんで、四つ角に来ると、ちゃんともう駕籠屋さんが番を張っておりまして、

「へい、駕籠。へい、駕籠。へい、駕籠」

なんてんで、屁《おなら》ばかり嗅ぎたがっている奴がいる。

「おい、頼むぜ」

「へい、ありがとうございい。え、旦那、どちらへ」

「吉原《なか》へ行くんだ」

「へい、へい」

「いくらだ」

「ええ、吉原でしたらひとつ、へへへ……八百、願《ねげ》えてんですが」

「なんだ、八百？」

「へい」

「寝ぼけるねえ。何を言ってるんだ。八百てえのは高いじゃねえか。五百でいいだろう」

「そんな、旦那、殺生なことを言っちゃいけませんよ。大《でえ》の野郎が二人で担ぐんで」

「当たり前《めえ》だな。二人で担ぐから駕籠が持ちゃがるんじゃねえか。いやならよせ」

「旦那、そんなことを……ね、ね、旦那。五百じゃなんですから、あのう、こうしましょう。

もう百……六百で、いけませんか？　……じゃよろしゅうございます。乗っておくんなさい」

駕籠屋さんの方でも安いと思っているが、乗せちまってから仕事にしようてえわけで、

「ようがすかい、あがりますよ」

肩が入る。これから一、二丁は、鳴きを入れるってましてね、

「え、ほッ、え、ほッ」

なんてんで駆け出してくれるが、後はもうぶらぶら、気に任してね、のそのそのそのそ、担いでる。後から来る駕籠がずんずん追い抜いて行くんで、乗っている方の身になりゃ、気が気でない。

「おいおい、駕籠屋さん、冗談じゃねえや。何をぼやぼやしてるんだな。さっきからいくらも抜かれてるじゃねえか。宿駕籠ならしようがないが、みんな辻駕籠じゃねえか。しっかりしねえな」

「旦那、そんなことをおっしゃいますがねェ。いま行きやしたのは、あれみんな、酒手がついているんでございますよ。ええ、やっぱりこのね、酒手がつかねえと、捗《はか》がいきませんでねェ。すいませんが一つ、お願《ねげ》えしてえんですが……」

「しようがねえな。じゃ、いいよ、いいよ。出すから、威勢よくやってくれェ」

なんてんで、乗っている方は焦れったくなるからどうしても祝儀を弾むことになる。

ところが中には、安く値切って駕籠が持ち上がると同時に、

「おい、駕籠屋さん、途中でなんですよ、おねだりはなしですよ。一切出ませんから」

なんてんで、いきなり引導を渡しちゃってね。こうなるともう、祝儀は出ないんですから、しようがないから駕籠屋さん同士で話を始める。

「おう、おい、相棒、相棒。昨夜のっけた客は粋な客だったなァ」

「え？　……あァ、あァ、昨日の客。うん、そうだったなァ。言うことがきびきびしていやがんじゃねえか。『おい、駕籠屋、おれもずいぶん道楽をして、駕籠には乗ったが、お前達《めっち》のような担ぎっぷりのいい駕籠に乗ったのは初めてだ。これはまァ、少ねえがな、酒手だ』とおっしゃって、二人になんだな、一朱下さったなァ」

いやな話が始まった。こいつを聞きゃァ、いくらかやらなくちゃならない。

「畜生め、変な話を始めやがったな。こういうときは寝たふりをするに限る。グーウ、グーウ……」

「おいおい、相棒、中は鼾だ。少しいたぶって起こそうじゃねえか」

「ようしきた。いいか」

たまったもんじゃない。駕籠を振り回す。中の客は波を打ってね、天井に、頭をごつん、ごつんとぶつける。どうもその痛いこと。しようがないからしかめっ面をして我慢をしている。

駕籠屋の方でもね、もう呆れ返っている。

「旦那、堤《どて》へ来ましたよ。もしもし、旦那」

「はいはい、はいよ。ああ、なんだい、もう堤《どて》かい。早いねえ。ねえ駕籠屋さん、ここへ来て思い出したが、昨夜《ゆうべ》おかしい話があったよ。おれが駕籠をおりると、言うことが面白いじゃねえか。『旦那、あっしどももずいぶん駕籠へ乗っけましたが、あなたのような乗りっぷりのいい方は初めて乗せましたんで、これは失礼でございますが、酒手でございますから』って、駕籠屋がおれに、一朱くれたよ」

今度は、駕籠屋が歩きながら、グーウ、グーウ……。

駕籠で通いました以前は、馬で行ったてえことをいいます。

いまの雷門、あすこの前が一面の松並木でございまして、これが後に町名に残って並木町となりました。

あそこには馬子さんが馬を引いて、ずらっと並んでいて、吉原行きの客だなと見ると、

「どうかお客様、馬ァやんめえか」

なんて、馬の背に乗って通ったんで、そこから馬道という地名が残ったなんといいます。

その時分は、白馬に乗るのがよかったんだそうで、したがって料金も高いわけですが、

「おい、源さん、見ねえ。あの人は白馬で行くなァ。豪儀だねェ」

なんてんでね。言われた人は、ちょいと反《そ》り身になったりして、白馬に乗るのが幅が利いたといいます。

ところがだんだん世の中が変ると、寒くなって白馬を飲んでお出かけになる方がある……この洒落は、いまはわからないでしょうね。白馬というのはどぶろく、つまり濁り酒でございます。だから、白馬を飲むというのは、どぶろくを飲んで行ったという……洒落もいちいち断らなきゃわからない時代になってまいりました。

大門際へまいりますと、編笠茶屋というのがありまして、ここで一回ずつ編笠を借りてこれを被るという……どういうわけだというと、人間を人間が見て歩くんですから、まともに顔を合わせるのはなんか面映《おもは》ゆいというわけで、目先笠《めさき》というものを被ったそうです。編笠のない方は、扇を半開きにして、骨の間から花魁の顔を透かして見たそうです。

見ぬようで見るようで

客は扇の垣根より

『吉原雀』という、あんまり教科書には載りませんけれども、あの書物にちゃんと出ておりましてね。格子から三尺下がって見るのが、これが素見《ひやかし》のルールなんだそうで……。

ところがどうも、中には三尺下がるなんてえ人がいなくなってね、三尺中に首を突っこんじまって、

「ちょいと、近藤さん、寄ってらっしゃいよ」

「おほほほ、何か用かい」

なんてんでね、格子につかまって見ているうちに、中に首が入って抜けなくなっちゃうという、手数のかかる奴があるもんで……。

若い衆にお世辞を言われてついふらふらと登楼《あが》る。

また、若い衆にむりやり二階へ押し上げられてしまうのもある。

「あの奴はよさそうだから、ひとつやっちまおう」

なんてんでね。

そういうのは、あれを取れとか、なんだかんだてんで、翌る朝になるてえと、莫大な金。

さあ、金がない。そういうときには、大門際に待っている馬子さんに頼む。

「このお客様は、昨夜、見世《うち》で遊んだんだが、勘定が足りないんだ。だからお前さん、頼むよ」

てんで、これへ客を乗っけまして、馬子が家まで届けてくれる。そして、向こうが金を調《ととの》えている間、表へ馬をつないでおく。

それが重なると、

「おい見なよ。昨夜、銀ちゃん、また馬を引っぱって来たぜ。あいつはよく付き馬を連れてくるなァ」

なんてんで、馬が付いてくるというところから「付き馬」という名前がついたんだといいます。

これがしまいには、人間がつくようになりまして、宵には格子のところでしきりに客をすすめた「妓夫《ぎゆう》」が、翌日は馬になってついてくる。牛が馬になるという、まことにどうも調法な男があったものです。

＊『付き馬』

親子三人馬鹿

昔から馬鹿にも四十八馬鹿ある、なんといいますが、ま、落語のほうでは、与太郎さんという人は立役者でございまして、これが馬鹿の代名詞になっております。与三郎でも与次郎でもよさそうなもんですが、やはり与太郎でないと、なにかぴったりこないようで……。

古い噺で、『親子三人の馬鹿』というのがあります。

弟が物干しにあがりまして、長い竿を振りまわしている。

「おーい、何をしてるんだな。そんな高いところへあがってよ」

「いやァ、兄《あん》ちゃんか。今ね、上にね、光っている星をこれで叩きおとすんだよ」

「馬鹿だな、おめえも。そんな短ッけえものじゃ落ちねえやな。もう一本、つないでみな」

二人、長い竿を振りまわしている。

「おいおい、あぶねえなァ。何をしてるんだ」

「いやあ、お父っつァんか。今ね、上に光っている星をね、これで叩き落とそうってんだい」

「いくらやったってあれは落ちやしねえ」

「ふーん、何だい、あの光ってんなァ」

「雨の降る穴だ」

うまく考えたもんで……。

「ねえ、兄《あん》ちゃん」

「なんだい」

「あのう、お節句てえのがあるね。三月のお節句と五月のお節句って、あれ、どっちが先に来る」

「何言ってやんでえ。どっちが先に来るったって、そりゃ五月が先に来るときもあれば、三月の方が先にくるときも、そりゃ時によって違うんだ」

「そうか」

こいつを聞いていたおやじが、

「ふふふふ。やっぱり兄貴は兄貴だけに利口なところがある」

与太郎のおっ母さんが死にましてね。お父っつァんが後妻をもらったんで……。ところが、この女が大変に与太郎を憎んで、もう毎日、ぶつ、つねる、蹴とばす……ひどい目に合わせる。相手は馬鹿なんですから、いくら言われたってなかなかおぼえちゃいない。また何か、しくじりをやるってえと、またひどい目に合わせる。とうとう責めに責めて、責め殺してしまいました。さすが馬鹿でも口惜しかったとみえ、毎晩化けてくるんですがね。ところが自分の家へ出ないで、近所隣をほうぼう、お化けになって出るんです。

これが評判になって、

「おい。昨夜《ゆうべ》、与太郎の奴が、おれンとこへ出たよ」

「あ、そうかい。おれのところには一昨日《おととい》出たんだ」

「ほう。万さんとこはどうだい、出ないかい」

「出るよ。おれンとこなんぞは、三日ばかり出やがったね」

「そうかい。よっぽど口惜しいんだろうな、奴もあんなに化けて出てくるところをみると。だけどもおめえ、口惜しかったらてめえの家に化けて出りゃいいのに、なんだってこんなに近所をほうぼう、化けて出るんだ」
「そりゃァ……ははは、そこが馬鹿だからよ」

＊『猫怪談』

酒癖

酒は飲むべし、飲まれるべからず

なんということわざがございます。

まァ、お酒というものは召し上がってもよろしいが、それをほどで止めておけばいいんですが、酔《(四)》っぱらいがは《(八)》っぱらいになったりなんかした日にゃ、具合のわるいもので、

酒飲みは奴豆腐にさも似たり　はじめ四角で末はぐずぐず

なんという。あまりどうも酒を飲んで行儀のよくなる方は少のうございます。人によって、いろいろ癖がありましてね。乱れてくるとむやみに人にからんだりして、うっかりそばにいる者が欠伸《あくび》なぞすると、

「なんだ、この野郎。大きな口を開けやがって、てめえ、俺を飲もうてえのか。さ、飲めるもんなら飲め」

なんてんでね。誰が飲むやつがあるもんですか。もうそんなになった日にゃいけませんけれども、そのほかにも泣き上戸、笑い上戸、怒り上戸とありましてね。

三笑亭可楽という人は、有名な泣き上戸でしてね。二、三本酒を飲むともう愚痴が出ましてね。ボロボロ涙をこぼして泣くんですが、これは仲間うちでは有名なものでした。

いつでしたか、柳枝、可楽、あたくしの三人で飲んでいましたが、そのうちに例の通り、そろそろ泣きはじめた。で、柳枝と顔を見合わせちゃ、こっちは、ほら、始まったなんてんで笑っていましたが、そのうち可楽が厠へ立った。そのあとで、柳枝が、

「どうです。もう一本飲ませて泣かせましょうか」

っていいましたがね。鶯じゃあるまいし、泣かしたって面白くも何ともない……。

陽気になる人もあり、いろいろですけれども、昔からお酒はいけないとかいいますが、ご婚礼などはどうしてもあれは酒でなくっちゃいけませんな。

両方とも下戸だから、汁粉でやったらどうだろうなんてんですが、どうもこの、お汁粉の婚礼なんてのはいけませんな。

お嫁さんが一口吸ってお婿さんにこのお汁粉を渡す。こいつを受けとって、ガブッと飲むっ

てえと、口が大きいから少し飲みすぎちまった。仕方がないから、いったん口に入れたのを逆戻しをしてあぶくの出たお汁粉をお嫁さんに渡したんで……これはどうも飲みにくいが、二世の固めのお汁粉だてんで、我慢をしてこのあぶくを飲む。もう今度はお汁《つゆ》がないってんで、餅をかじったりなんかしてね。

あまった餅を仲人の方へ……なんてんで、これは仲人だって食いにくい。やっぱりこれは、お酒の方がよろしいようでございます。

＊『酢豆腐』

恋患い

昔からある病《やまい》でも、増えた病、減った病と、いろいろあるといいますが、あたくしども子供の時分には、疝気ということをよくいいましてね。

「どうしました」

「どうもね、疝気で困ってんだよ」

なんてんで……。

いまのお医者様に伺ってもあまりよくご存知がないようですが、昔はよく、疝気だ、疝気だってえましてね。

腰のところがなにかこうつっぱるとか、まァ冷えからくる病気なんでしょうが。

昔、おかしかったのは、寄席を休む人がある。聞くと、「疝気です」と、こう言うんですね。

三遊亭圓橘という人がおりまして、これは真打でも相当売れた人でございました。

まことに立派な人で、お座敷もよくありました。お座敷というのは、築地、赤坂、柳橋、あのへんのお茶屋さんへ行って、余興の落語を申し上げることをいいます。

ところが、

「どうしました、夕べ？」

「ええ、座敷でね。抜きました」

なんてえと、仲間に反感を買うんですね。どうもいやな奴だとか何とか、やっぱり金の取れない方は妬み半分にいやな気持ちがするんですな。

ですから、それを、

「すみません。夕べは出し抜けに休んじゃって……いや、出ようと思ったらね、急に疝気がおきたんで。どうも本当にすみません」

なんてなことを言って、お座敷を疝気だってごまかしていたんです。ところが仲間のほうでもちゃーんと心得ている。

「夕べはどうしました」

「疝気でね」

「へへへへ、疝気で儲けているんじゃねえのかい」

なんて、まぜっ返したりなんかしてね。

それから、恋患いなんという病気も、いまはとんとききません。恋の病ってえますが、やはり、いい女でなきゃだめでしょうねェ。せっかく患っても、どうも河馬がベレー帽をかぶってるような顔じゃ、同情がしにくい。色の白いところへ青みを帯びるという、白いところへ黒いおくれ毛が二、三本、顔へさがっているなんというのは大変いいもんです。

もっとも白い顔へ黒い毛がさがるからよろしいんで、黒い顔へ白い毛がさがるようになった日にゃ、こりァ色っぽくありません。

昔は、恋患いというのはいくらもあったと申します。

どういうわけかというと、ご婦人というものは、思うことを口に出せない。ただ胸の中で思いつめて、くよくよしているから、そういう病気になるというんですな。

そこへいくと、いまの女は図々……いや、ずうっと活発でいらっしゃいますからね、恋患いなんてするわけがない。

向こうへもうすぐに談判におよびますからね。

「どうなすったんですの、あなた。だめじゃありませんの。あれっきりご返事もありませんで……あたしね、早くあなたと結婚したいのよ。ご相談なすったの？」

「うん、国許《くにもと》の父の方へ聞いてみたところが、まだ五、六年早いから、もう少し待てというなにで……」

「あら、そう。五、六年なんてそんな、気の長いこととても言っちゃいられないわ。じゃいいわ。あなたがいけなければ、木村さんのほうへ聞いてみますから」

なんてんで、まるで貸間でも探しているような塩梅。安直にことが片づいてしまいますから、なかなかその恋患いなんてえのはありません。

＊『肝つぶし』

たいこもちの鑑

昔から、幇間《ほうかん》というのがございます。

男芸者とも申しますが、これはなかなかむずかしいもので、男が男の機嫌をとって遊ばせる、お色気抜きでございますから、客がどんな無理を言おうとも決して、それに逆らってはいけないんですね。自分は右だなと思っても、

「左だよ」

と言われると、

「へえ、ごもっともでございます」

なんてなことを言って、なんでも向こうを立てて、機嫌よく遊ばせていこうという、これが幇間でございます。

この幇間を呼んで遊ぶというんですが、いまのお若い方はなんでそんな、男が男を呼んで遊ぶのかとおっしゃいましょうが……ただその、お座敷を賑やかに浮き立たせて、踊りを踊るとか、唄でもうたって、わァッと沸かせば、それで一人前の幇間かというとなかなかそういうものではございません。

お客様の方で遊び慣れた方は、幇間に紙入れを預ける。仮に、百万円持って行って、これを残らず使おうというんですが、ご自分では持たない。

「お前に会計の方はまかせるよ」

「へえッ、承知しました」

てんで、こいつを懐に入れて、これから遊ぶんでも、ちょいと見て、ああ、この芸者は気にいらないいな、と思えば、すうーっと一《ひと》座敷で帰し、これはおいとかなくちゃいけないと思えば、芸者を直しておくとか、すべてにその、お座敷にも心を配り、もうこの辺で切り上げないとい

けないなってえときは、

「大将ッ、河岸を変えましょう」

「まだいいじゃねえか」

「まァまァまァ、此処を変えまして、ちょっと気分を新たにして、あたくしがおもしろいところへご案内を……」

てんで、勘定の嵩むところを、ぱっと時間を見はからって切りまして、それからまた、ほかで遊ばせて面白くしようという、そういう才覚がなければいけません。

それから、酔ってくると、あいつに何をしろとか、祝儀をやっとけなんてね、お客がいろんなことをいう。その場では、

「へえ、承知いたしました」

と言うが、ただ客の言ったことを真にうけるというばかりでなく、出すべきとこは出す、これは無駄なコッたと思うと、客に言われてもそこのところは知らん顔をしている。

そして、これでもう残らず金を使い果たしたなと思ったときに、

「へいッ、大将、これだけ残りましたよ」

と、仮に一割でも、一割五分でも思ったよりは安く遊ばせるという……ここが腕のいい幇間でございます。

ですからこれはもう、幇間にまかせておいた方が得でございますから、まァそういうところでよくお呼びになったのでございましょう。

あたくしがまだ、十七、八のころでしたか、師匠といっしょに九州博多へ興行にまいりました。

すると、楽屋へ師匠をたずねて来た人がある。年のころ四十四、五でございましょうか、ちょっと小太りで、結城の着物かなにかで、まことにどうも品のいい人でございます。しばらく話をしていたが、帰ったので師匠に聞いてみたんで、

「いまの方は、どちらの旦那様です?」

と言ったら、師匠が笑い出して、

「あれはお前、幇間《たいこ》だよ」

それであたくしはびっくりした。

どう見てもそうは思えない。何処《どこか》の大店《おおだな》の旦那様というような、ごく品のいい方で、もちろん金も相当あったんでしょうが、道楽の末、それを使い果たし、

　幇間《たいこもち》あげての末《すえ》の幇間《たいこもち》

という川柳の通り、幇間を呼んで遊んでいたのが過ぎて、自分が幇間になっちゃった。それだけに万事、客というものはこういうときは、口ではこう言っても腹の中ではこう思っている

んだな、なんてえことは、自分が経験者ですからよくわかるというわけで、だからなんでも客の気に入ったように遊ばせることができるんですね。

「いい幇間だよ」

と師匠が言いましたから、

「踊りでもうまいんですか」

「いや、踊りなんぞは踊れまい」

「唄はどうです」

「唄なんぞはまるっきり唄えない」

「はあ……それでいい幇間なんですか」

と言ったら、碁は三段くらい打てるそうで、将棋も初段くらい。そのほか、生花、茶の湯、狂歌、和歌、俳句、雑俳、一通りはこなして、その上にこの座談というものが非常にすぐれていたそうです。たとえ半月、一月《ひとつき》、お客様といっしょにいようとも、決して話題には困らないという、大したもんでございます。

向こうを面白く、飽きさせないように話し相手になり、すべての芸にも通じておりまして、よくあの、座敷で幇間が自分で芸をやりたがる、あれはいけないんだそうですね。そうではなく、お客様をおだてて、うまく向こうへ芸をやらして、これをほめるんですね。

客の演ったことを本当に、真から感心したような顔をして、

「どうも、じつに結構でございます」

そして向こうをいい心持ちにするという、そこが本当の……といっちゃおかしいですが、自分が芸自慢で見せたりなんかするんじゃ、これはもういけないんだそうでございます。

半月、一月と旅のおともをして、宿屋のものにもそろそろ飽きてきた、なんてえと、

「じゃァ、あたしがちょいっと、今日はいたずらをいたしますから」

といって、台所へ立って、拵えを出す。そのお料理がまた、何ともいえないうまいもんだったそうで……、ああいうのが、本当の幇間というんだろうと、師匠から聞きましたが、なかなかどうも、むずかしいものでございます。

しかしまァ、吉原でだれ、州崎で某《なにがし》、新橋、赤坂、芳町、柳橋、そういう盛り場で、何の某という幇間ならば決してもう、そんなことはありませんが、俗にいう野幇間《のだいこ》、てえのがあってね……誰でも知ってる人の顔を見ればむやみに取り巻きたがる。

こういうのは、客を取り巻くことを「釣る」てえましてね。

往来で取り巻くのを、「岡釣り」。その家へ押しかけて行くのが「穴釣り」なんといってね、向こうを魚に見立てている。取り巻きそこなって逃げられると、

「あ、いけねえ。釣り落とした」

なんてんで、こういうのはお客を「だぼはぜ」かなんかと間違えているんですな。

＊『鰻の幇間』

裸手踊り

当節はスポーツと申しますか、運動というのが大そう流行《はや》りまして、ゴルフなんという耳掻きの看板みたいなもので、ポーンてんで、玉をどっかに飛ばしてはまた、探して歩いている。なにも探すんなら初めからそうっとしときゃよさそうなもんですが……。あれがまァ、いろいろ技巧があってむずかしいもんだそうでございます。

まァ、いろいろと新しいものが出来てまいりますが、相撲、あれは国技でございまして、まことに見ておりましてもいいものでございます。

いまはお相撲さんが興行するといいましても、大変長くなりました。

一年を二十日で暮すいい男

という川柳がありまして、昔は一年に二十日間、相撲をとればよかったんですな。春場所というと、お正月でございます。

夏場所が五月。それぞれ、十日間ずつとりまして、それであとはべつに番付には関係ないというわけで、ずいぶんのんびりしておりました。

それがいまでは六場所でございます。四日にいっぺんはどうしても相撲をとらなければいけないというんですから、まァ出世も早い代わりに、昔から見るとなかなかそれ、大変でございましょう。

地方なぞへ出ますと、以前と同じように、まァ場所によって小物小屋でやりますんですが、ありゃどうも、よほど警戒をしないと、わきから入り込む奴があってね。何とかして、この辺ならば入れやしないか、なんてんで、厚かましい奴がむしろをばりばり破いて、中へ首を突っこんでいる。

すると中には、ちゃんと年寄りという者がいて、あちこち見回っておりますから、

「おい、なんじゃなんじゃ、そんなところから面《つら》出して、相撲が見たけりゃ木戸から入ってこい」

てんで、頭を突き出される。

「だめだよ。あすこへ行ったけど入れないよ。何とかしたけど入れないや」

「じゃいいよ。今度は、おれが入るから」

次に行った奴は、考えましてね。頭は出さないでお尻を出したんですね。むしろを破いて、お尻を出していると、

「おいおい、お客さん、そんなところから出てはいかん。出るんなら木戸から。さあ、もういっぺん、こっちへ入って」

てんで、中へ引っぱり込まれて、無料《ただ》で相撲を見られたなんという。頭のいい奴もいるもんで……。

お相撲さんだけは、どんな高貴な方の前でも、裸御免というので、裸体でよろしいんだそうです。

それが明治の初年に一度、いけないという規則ができましてね。これからは外国の人たちも来て見物をするだろう。そのとき、日本人がどうも肌を見せるということは失礼だから、何か着てとるようにしてはどうかというんで、これには関取り連中も弱ったそうで……。どうしようてんで、いろいろ協議をしたが、シャツを着るよりしようがない。特別にあつらえました大きな上下のシャツを着て、この上からまわしを締めてとりましたが、これはいけなかったそうですね。

なにしろあなた、力を出して揉み合っているうちに、横っ腹やなにか、びりびり破けまして、こういうのは引き分けになる。

「東西、綻《ほころび》につき、この相撲、あずかりといたします」

なんてんですが、相撲が綻びるてえのはおかしい。

それから、もう一つおかしかったのは、お相撲さんが鑑札というものを受けましてね。天下の力士だといっても入場料を取って見せれば、やはり興行物であり、興行をするといえばこれは芸人同様であるから、一般と同じように鑑札を受けろというわけで、みんなもらいましたんですがね、その名目がよくなかった。「遊芸稼ぎ人」というんですから、あんまりいい名じゃありません。その肩書に、「裸手踊り」と書いてあったんですな。これはどうも力士に対して、はなはだ冒瀆でございまして、「裸手踊り」なぞはいけません。

われわれの方も、明治時代に「遊芸稼ぎ人」といいましたが、やはり名目が悪いというんで「技芸士」という名に改めました。

するとなんか偉くなったようで、

「今度、技芸士だよ」

てんで、喜んだとたんに税金があがりましてね、これはどうも嬉しくないことで……。

いいお相撲になりますと、お客様からご祝儀なぞもずいぶんいただきます。位置が上がればお給金も増える。大変実入りがいいもんだと思っていたら、あの行司という、あのほうが収入がいいというんですね。どうもそう思えませんけれども、確かに儲かるに違いない。

当人がはっきり断っている。

「のこった、のこった、のこった……」

てんで、自分で残ったって言うくらいなんですから、あたくしはよほど実入りのいいもんだと思います。

行司といえば、十九代目でしたか、式守伊之助という立行司。あごのところに白い髭が生えておりまして、一名「髭の伊之助」といいましたが、なかなかいい行司でございました。ところが、あの人はそそっかしいことでも大変に有名で、あるとき、名寄岩と綾昇の取組がありました。もう、たいていはその、名寄岩の方が勝っているわけで、伊之助も頭の中で、今日も名寄岩の勝ちだなァと思っていたんでしょう。ところが、その日の勝ち力士は綾昇で、たわらのところへしゃがんで勝ち名のりを待っている。

その前へ行って、うっかり、

「名寄岩ァ……」

と言ったんで、受けた方がおどろいた。自分の名じゃないんだから、びっくりして伊之助の顔を見上げたとき、こっちも気がついた。「あッ、いけねえ。間違えたな」と思ったが、もう、名寄岩と、はっきり言ったもんで、どうにもしようがない。仕方がないから、

「……に勝った、綾昇ィ……」

と言ったんで……あんなに長い勝ち名のりてえのは初めてでございましょう。

悋気

＊『花筏』

昔のことわざに「悋気は女の慎むところ、疝気は男の苦しむところ」なんというたとえがございますが、この焼餅、悋気というものは男女ともにございますが、どうも昔は婦人ばかり焼くようなことを言いましてね。

第一、ご婦人というのは、昔はまことにお気の毒で、「三つ従い、七つ去られる」という人生でございます。

幼にしては父母に従い、嫁しては夫に従い、老いては子に従い……従いっぱなしなんですから。その上に、七つ去られるという条件がありまして、悪しき病を去るべし、淫乱、惰弱を去るべし、多弁を去るべし、などと、いろんな能書があります。

中でいちばんひどいのが、三年添って子なきを去るべしという箇条で、三年の間、女房に子供ができなかったら、これはもう価値がないというんでね、離縁をされても女の方で、ぐうとも言えなかったんだそうです。

どうも、三年も夫婦になっていて子供のできないような家内は、こりゃ畑が悪いんだろうと言って、新しいおかみさんを持ち直して三年たちましたが、これもまた出来ない。どうしてあたしのもらう女房には子供が出来ないのか、畑が悪いんじゃないかしらん、てんでよく調べたら、鍬が半分欠けていたなんて、それじゃァ出来やしませんで……それでも、そんな無理が昔は通ったというわけです。

ところがどうも、近ごろではご婦人の方がめっきり強くなりましてね。男の方がだんだんおとろえてくる。おとろえるてえこともないが、なにかこう、男が女の方へ近づいてきましてね、頭の毛を伸ばして、お化粧なんかして、もう十年くらいたちますと、男が妊娠をして、女は子供を生むのをやめるなんてえことになりやしないかと思いますが……。

まァ、この焼餅なんというものは、こりゃァ自然の情でございますので、旦那を思えばこそ奥さんの方でもお焼きになるんでございましょうが、男としてまるっきり焼かれないてえのも、なんか張り合いのないものですな。

ところがどうも、うまく焼けばよろしいんですがなかなかそうもいきませんで、真っ黒に焦がしちまった日にゃ、どうにもしようがない。それに奥さんがやかましいから、じゃ止すのかてえと、そうはいかないんですね。やはりその、スリルを味わうのが何ともいえず、いい、なんてんで……。

夜分遅くお帰りになって、また家内に何かいわれはしないかてんでこわごわ覗いてみると、奥さんはすやすや寝ている様子。まァいい塩梅、この間に黙って寝てしまえば、何時ごろ帰ったかわかるまいと、そうっと上衣を脱ぎまして、これからズボンを取って、ネクタイをほどいていると、寝ていると思った奥さんが、床の上へ、ぴょいっととび上がった。

「あなた!」

「あッ、びっくりした。なんだ、びっくりするじゃないか。寝ていると思ったのに、起きていたのか」

「起きていたのかじゃございません。今朝、はいていらっしゃいましたズボン下はどうしたんです」

「え……え?」

脱いだものをみると、なるほど、ない。

「何処へ脱いでらしたの」

「いやァ……脱いだというおぼえはないが……そういえば、帰りの電車が混んでいたから……」

なんてんで、旦那の方でも苦しい言い訳になりましてね。

ちょっと奥さんの目をごまかして、

「今日は寄席へ行ってね、落語を聞いてきますよ」

なんてんで、家を出るんですが、これが本当に寄席へおいでになればよろしいんですが、そうではなくて、変なところに潜《もぐ》って、いい加減な時間をはかって、すうっと帰っていらっしゃる。そこはもう、奥さんというのは、敏感でございましてね。第六感というやつで、「ああ、こりゃ少し、怪しい」と睨んでいる。

で、四、五日たって、また、

「ちょっとこれから出かけるよ」

「どちらへいらっしゃるんです」

「え?」

「いえ、どちらへいらっしゃるの」

「いやァ、ちょっと、寄席へ行って落語でも聞いてこようと思って」

「またいらっしゃるんですか」

「なんだ、またいらっしゃるてえなァ……。いいじゃないか。落語を聞きに行くんだから」

「ふん。おいでになったらいいでございましょう。噺家が白粉をつけて待っておりますからね」

「何故、お前はそういういやなことを言うんですよ。じつに不愉快だ。じゃァいい。行きません。よし、今夜は家で飲む。酒を持って来てくれ」

なんてんで、これからがぶがぶ、夜っぴて召し上がる。それがために健康を害して、しまいには入院をする。なんという事態が起こらないとは限りませんで、これは奥さんの焼き方が悪うございます。

うまくお焼きになれば、家庭も円満に、また何事もなくすもうというわけで、焼き方がむずかしい。

あたくしがちょっとご伝授を申し上げますが、旦那の方でごまかして、

「ちょっと寄席へ行ってくるよ」

とおっしゃったら、そこは笑顔で、

「あら、いってらっしゃいまし。寄席でございますか」

「ああ、落語を聞いてこようと思って」

「まあ、結構でございますこと。お疲れになりましたときはお笑いになることが、何よりのお薬だと申しますから。あのう、お召しかえになっていらっしゃいましたら」

「う――ん、お召しかえったって……いいよ。寄席へ行くんだから、これでいいよ」

「いけませんわ。そんなことをおっしゃって、またどんな知り合いの方にお会いにならないとも限りませんし、みっともないではございませんの。召しかえていらっしゃいましよ」

「いいよ、これで……え、そうかい？　じゃァ、お前がそう言うんなら着かえてまいりましょ

う」

「お金は、どのくらいお持ちになるので？」

「いや、お金ったって、寄席へ行くんだからいらないよ」

「でもまた、どんなことでご入用がないとも限りませんから、百万円ばかり……」

「そんなに持っていかなくてもいいよ」

「でも噺家にでもやれば喜ぶから、持ってらっしゃったら」

「ふふふ、そりゃやれば喜ぶよ」

「あのう、落語をお聞きにいらっしゃるので」

「お？　おうおう。大変に面白いてんで、行ってこようと思って」

「わたくしもこの間からまいりたいと思っていたんでございますの、でもなんですかね、あなた、女が一人というのも入りにくいもんでございますから、あのう、もしお邪魔でなければ、ご一緒に」

「うん？　……うーん、まァなんですね、行ってもいいけれども……うん、あんまり面白くないよ……うん」

「あなた、面白いから行くとおっしゃった……」

「いや、男には面白いが、女にはあんまり面白くないんだよ」

「そんなことはございませんわ。でも、あのう、お邪魔でございましたら、ご遠慮いたします」

「そんないやなことを言っちゃいけないよ。べつに邪魔てえことはない。……じゃ、いい。おいでなさい」

「さようでございますか。ではお供をさせていただきますが、きよが大変よく働いてくれまして、あれもどうぞご一緒にお連れになりますように」

「うーん……いいよ。一緒においで」

「それから定吉もどうぞ、お連れ下さいますよう」

「……ようがす。一緒にいらっしゃい」

てんで、旦那がべそをかいたりして、奥さんの焼餅の焼き方がいいと、寄席にお客様が三人増える。したがって噺家の収入もよくなるというわけで……なるべくはそういう具合に焼いていただきたいと存じます。

＊『洒落小町』

十八大通

昔、蔵前には十八大通《つう》というものがありまして、これはいずれも札差の旦那方で、ま、いまでいうと銀行でしょう。

藩の方から、いろいろお米やなんか、何石何石という……お禄高《たか》でございますね、それを取りにくるんですが、こりゃまァ米で渡すわけにいきませんで、そこでお金に替えてそれを途中ではからって渡すというご商売で……こりゃなるほど、儲かりますね。いずれのところも苦しいから、ちゃんと自分の月給の渡るまで待っちゃいられないから前借りにくるわけで、こういうのはやはり利子をとられ、ひどく差ッ引かれる。しかしそれでも何でも、仕方がないから、この札差へ来ては頼んでお金を借りて行きます。ま、そんなことで金は儲かり、暇はあり、というわけで……。

その時分の流行物《はやりもの》というと、たいていこの十八大通から出たといいますが……毎年、なにか変った趣向をする。

「十八大通があんなことをしたから、じゃあたしたちもやってみよう」

なんてんで、みんながやります。流行てえのはみんなここから出たといいますが……。

「今年はなにかひとつ、変ったことをしてみたいがねェ」

「うーん、変ったことというが……いろいろやりつくしたからな」

「どうだい。あたしがひとつ考えたことがあるんだが、どうもこう暑いときだから涼しいものでなくっちゃいけない。塵紙の着物を着て歩いたらどうだろう」

「ふーん、なるほど……塵紙の着物なんてえのは、今までにないな」

「どうだろう、見た目が涼しそうで……」

「ふふふ、こりゃ面白いな。どうだ、みんな」

「ああ、よかろう」

もちろん、紙をそれだけ別に漉かしたわけでございましょうが、これで着物を縫いあげて、紙の着物てんですがね……なるほど、変ってる。人が見ますよ、こりゃ。

「おう、変った趣向で、涼しそうでいい」

てんで……ところがあいにく夕立がありまして、大夕立にあったんで、十八人がみんな、素っ裸になっちまった。

「ああ、どうも、あの塵紙はすこし具合がわるかった」

なんてんで……。

「今日も出かけるんだが、なんかひとつ、趣向をして行きたいんだがね」

「いや、そう急なことじゃなんにもできないよ」

「いやいや、すぐに出来ることがある。脇差というものは左に差すべきもんだ。これを右に差したらどうだろう。面白いだろう」

「おほほほ……なるほど、これならすぐ出来るが……うんうん、よかろう。どうだ、みんな」

「ああ、面白かろう」

十八人がみんなそろって右の方へ脇差を差して歩いてくる。これを見た武士が、家来に、

「見なさい、いかに太平の御世とはいいながら、神代の昔から大刀は左に佩《は》くべきもの。それを右へ差してくる奴がある……ふふふ、じつにたわけたもんである。……うん？　後から来る奴がまた右に差しておる。ばかな奴もあるもんだ……うん？　あ……後の奴も右だ……」

来る奴がみんな右に差しているので、

「こりゃ拙者が間違えたかな」

と、あわてて右へ差し替えたという……。

ま、これは一つの諷刺でございましょうが、そのくらいに当時の流行というのは、この十八大通から出たということでございます。

＊『茶の湯』

幽霊の出番

昔、このお化けと幽霊とは違うんだということを伺ったことがあります、お化けというのは、狐、狸、狢《むじな》なぞが人をたぶらかします。で、異様な姿になって出てくる。のっぺらぼうになったり、三つ目小僧になったり、大入道になったりして人をおどかします。

幽霊というのは、人間が化けるんで、その区別があるんだということを伺いましたが、しかし、お化けと幽霊とやはり混同しておりまして、人間が化けたのでも、やはりお化けというようです。子供をおどかすのに、暗いところから、

「お化けェ……」

なんてんで、子供が騒ぐのを喜んだりなにかする。

だいたい今は、幽霊なんてものは信じない世の中になりましたが、じゃ、そんなものが全くないのかといえば、やっぱり暗いところからだしぬけに異様なものが、すうーっと出てくればはっとすることがありまして、そういうのはやはり、お化けがいるという意識があるせいでしょう。

田舎なぞへ行きますと、怪談をやってもらいたいという注文をされることがよくあります。怪談噺というのは、場内が暗くなりますから、それでお客が入るんだという説もあります。

中には噺はどうでもいいから、暗くなるのを待つなんという、変な聞き方がありまして、

「お前、毎晩行くってえじゃねえか。寄席へ」

「ああ」

「面白いのかい」

「なにが」

「いや、噺が」

「噺……いや、つまらねえ」

「だって、お化けがすごいんだろう」

「あんなお化け、こわいもんかね」

「そんなに悪く言って、なんだって毎晩行くんだ」

「えへッ。暗くなるからね」

「なんだい、暗くなるからって」

「隣の奴がね、なんか食ってるんだよ。鮨やなんか食って残ったのがあるとね、暗くなったとたんにおれが、みんなそれを食っちまう」

「はあ、なるほど。そうかい。じゃァなんだな、いただき物《もん》があるんで行くんだな」

「うん。なるったけ、うまそうなものを食ってる奴の傍へね、えへ、坐ってんだよ。こないだ

なんざ、きれいな娘が坐ってるんで、暗くなって、おれ頬ッぺたなめちゃった」

「うまくやりゃァがったなァ、この野郎。そうか、じゃおれも行こう」

なんてんで、こういうのはもう怪談噺はそっちのけで、きれいな娘がいたら、頬っぺたでもなめようてんでね。ここならよかろうというんで、見当をつけて坐っている。そのうちにいよいよ暗くなって、お化けが出る。ここだってんで、頬っぺたをなめたところが、娘はもうさっき帰っちまって、その隣に坐っていた八十六になるおばあさんの頬っぺたをなめたりなんかしてね、悪いいたずらをする奴がありましたもので……。

田舎なんぞで頼まれて、ふだん演らない人が怪談噺を演って失敗したという話をよく聞きますが、もちろんあれは、暗くなってからの手順がよくないと失敗します。とんとんッといかなくちゃならないんですから、失敗があるのは当たり前で、ここへたしかに置いたなと思ったのが、手探りで演っているうちにわからなくなる。で、見当違いなところから、とんだものを持ってくるなんてことがよくありました。

あるとき、やはり田舎へ行って、ぜひ怪談噺をと言われたんですが、急なことで何にもないんです。

だいたいお化けというのは、前座が勤めることになっております。

四つ刻に出る幽霊は前座なり

という川柳があります。四つ刻というと、今の時間でいう、午後十時。そんな半端な時間に幽霊が出るわけがない。で、これは真打の噺家なり講釈師が、ちゃんとその前の噺をします。いよいよ、場内が暗くなって幽霊、これは前座がなるんですが、顔を真ッ白に塗って、額のところからこう紅をたらしましてね、血が流れたという塩梅。そして頭に毛をのせます。昔はかもじといいまして、ご婦人方が頭に入れる毛がありましたから、こいつをかぶって出れば、どうしてもこれは幽霊に見えますよ。これには龕灯《がんどう》というものを使います。龕灯といってもおわかりがございませんが、手っとり早くいえば、はまぐりの大きいようなもので、その中へ蠟燭が立ててあり、灯りがついている。その蓋を手早く、ぱッ、ぱッとあけたりしめたりする。灯りが点滅して腰のところから胸、顔の方へだんだん、この光がぱッ、ぱッ、とあがっていきます。すると暗いところへ、血を流した女が立っているように見えます。下から照らすんですから、その凄さてえのはない。たいていの者ならぞっとして、腰をぬかすくらいの凄みがある。

で、こいつを演るんですが、急に頼まれたって、なかなかそれ、扮装《かお》もこしらえなければいけない。どうしようって相談をしたところが、ひょっとこの面があったんですね。しかしそのままじゃ使えませんから、こいつへすっかり、しょうふというのりで紙を貼り、ひょっとこの出っぱっている口へも紙を貼って幽霊の顔を描くと、なにか異様な形相になってかえって凄みが出てきました。これならいいだろうてんで、このお面をかぶって。その上からかもじをのせ、白地の浴衣を着て、すうーっと出ようというわけです。

前で真打が十分に噺をして、いよいよきっかけがくると、うすどろという太鼓につれて幽霊が出ます。例の龕灯を持ってきて、胸のあたりから顔へ……さだめしお客が「きゃーッ」とおどろくだろうと思ったら、「わあッ」と笑ったんですね。どうして笑ったのかというと、のりでくっつけたお面を暗いところへ置いといたんです。きっかけになって、急いで取ったものですから、何かに引っかかってせっかく貼った紙がはがれちゃって、もとのひょっとこのお面になっちゃったんで……。

そんなことは知らないから、こいつをかぶって出たんですが、ひょっとこの面じゃ、こりゃ笑いますよ。

そういうようなことがよくありました。

これはあたくしも知っておりますが、七代目の土橋亭里う馬という噺家で、この人のことを、黒の里う馬さんと言ってました。どういうわけだというと、大変色の黒い人で、その上、始終黒羽二重の紋付きを着ているんです。

昔のことですから、高座の後ろは杉戸になっていましてね、これが古くなりますってえとも う真っ黒なんですな。

昼席でしたが、その当時の昼席なんてえのは、電気はあまりつけません。灯りがない、ちょうど暮れ方になって曇ってきたんです。真っ黒な杉戸の前へ、黒羽二重を着て、色の黒い里う馬が噺をしている。正面から見ると、顔がまるっきりわからない。杉戸がなにかしゃべっているようで、なんだかどうも気味が悪かったことがありました。

この里う馬さんが若い時分に出たことがありました。

もちろん、大きいところと違って小さい村やなにかへ行きますと、寄席なんてものはありませんから、素人の家でなるべく大きそうなところを借りまして、まァ急場ごしらえのこれが寄席というわけでございます。ここへ台やなにかをのせまして、その上へ敷物を敷いて、これで何とか高座のかたちができます。

ここで噺をするというんですが、例の通り、ぜひ怪談噺をというので、演ったところ、これが大変な評判で、三晩ばかりお客様がよくおいでになる。そこでだんだん欲が出まして、お化けをかわったところから出したいと考えた。見ると、その客席の真ん中に、やぐら炬燵がありまして、夏でございますからその四角い穴にはちゃんと畳が半畳ばかりはめこんである。こいつを取ってみると、縁の下が大変に高い。表から入ってきて、この穴をあけておけば、幽霊がここから出られるわけで、高座の方へ出ると思ったやつが客席からだしぬけに出てくれば、さだめしお客様もおどろくだろうというので、これから、こうこうでこういう噺のところまできたらば、この畳を取って下さいよと、その席のお父っつァんに頼んだわけで、

「ああ、いい。おらが万事、うまくやるから」

てんで、請け合ってくれたのはよろしいんですが、例の通り、噺が進んできて「ああ、ここだな」ってんで、畳はあげたんですが、そこは田舎の人は呑気なもんで、思い出した用があるからと、自分の部屋へ帰っちまった。すると、隣に坐っていた人が、わきをひょいと見ると、畳が上げてあり、穴があいている。こんなところをあけといて、こりゃ落っこっちゃ大変だってんで、また畳を入れちまった。

そんなことは知りませんから、幽霊が支度をして待っている。もうこの辺だというので、縁の下へ入りこんで、座敷から出ようとしたんですが、畳をのっけちまったから、穴がなくなっちゃった。しようがないので、いっぺん外へ出てみて、見当をつけといてもう一度入って、あちらこちら探してみたが、一向にわからない。穴がないってんで、幽霊の方も気が気ではない。そのうち、いよいよきっかけが来たので、じゃ高座からにしようと、あわてて縁の下から這い出したところ、あいにくそこへ通りかかったのが、駐在所のお巡りさんで、

「こらあッ」

ってんで、いきなりふんづかまってしまった。

「い、いいえ、あたくしは怪しいもんじゃございません」

てんですがね。怪しくないったって、男が女の着物を着て、真っ白に白粉をつけて、額のと

ころから血が流れている……、こりゃどうしたって怪しいですよ。向こうも黙っちゃいない。とにかく本署へ来い、てんで、警察へ引っぱって行かれて、とうとう留置場へ放り込まれてしまいました。

ところが高座では、いよいよというんで場内が暗くなる。うすどろが入って、さあ、というんですが……幽霊が出ません。

「ありゃ、迷うたなァ」

てえがね、幽霊が出てこない。肝心の噺をしている方が迷っちまった。さァ、どうにもなりませんから、お客に謝って、とうとうはねてしまった。

あくる日になって警察から呼び出しがあったから行ってみると、留置場へお化けが放り込まれている。じつはこういうわけでございますので、とさんざっぱら謝って、幽霊を引き取ってきましたが、なにしろあなた、薄着で留置場へ放りこまれたんですから、風邪を引いちまって、大変な熱。これから医者を呼んで、薬を飲ませ、いろいろ手当てをしたんですが、これがなかなか熱がさがらない。

いくら田舎の医者だって、もうなおらなくっちゃならないが、先生、どうしたわけでしょうって言ったら、医者が首をひねって、

「どうも、幽霊には薬が効かない」

と、言ったてえますが、ばかな話でございます。

＊『お化け長屋』

母の胎内

毎度この、お色気ということを申しますが、色気というのはいまの「エロ」と違うのでございまして、まァちょっとしたところに色気のあるなしがあらわれます。

ご婦人方が表をお歩きになりまして、風がツーッと吹いてくる。で、着物の前がこう乱れますので、裾を押さえて立ち止まる。ああいうかたちなぞは、何とも言えない風情がありましてね。捲《まく》れたってね、何もそう、上まで捲れちまうわけじゃないんですから、押さえなくてもよさそうなもんだが、そういうところにお色気があるという。

それから言葉使いでも、「あらまあ、よくってよ」なんてえことを若い婦人がおっしゃるが、あれもやはり言い方で、大変にお色気が出るものです。

「まあ、いやだわ」「まあ、ずいぶんだわ」なんてなことを言う。ずいぶんだわァ、とつっこむからいいわけで、あれをのべつに言った日にゃ、面白くもないし、お色気もなにもありませんよ。

ご婦人というものは、これはもう、色気の水上《みなかみ》としてございまして、男にはできないことを婦人はいたします。何ができないかてえと、子供をこしらえるという、妊娠をいたしますが、ありゃもうご婦人ばかりで……。

しかし、ああいうことを女にばかり頼んでおいては気の毒だから、男の子は男、女の子は女が孕むようにしたら公平でよかろうといってね、しきりにこの間議論している方がありましたが、いよいよ男も妊娠となると、会社につとめる方なぞが臨月間近になってごらんなさい。洋服のボタンはかからなくなっちまう。

肩で息をしながら、散歩をしたりなにかして、

「山田、おい、どうした」

「いや……はァ、はァ……いかん、今月が臨月であるから」

なんてんで……。

取り上げ爺さんへかけつけるなんてことになった日にゃァ、どうにもしようがない。

まァ、ご婦人の方がお色気があってよろしいでございましょうが、どんなにご器量のいい方でも、身重になって、七月《ななつき》、八月《やつき》となると、形がすこし崩れてきましてね。痩せた人が身重になると、手足は細いがお腹がとび出して、何のことはない、ひきがえるが立ち上がったようになり、いよいよ月が迫ってきて、くしゃみと一緒にお屁《なら》が出るようになった日にゃァ、どうに

もしようがない。

これで「オギャー」と、生まれたあとが、大変で、
よく寝れば寝るとて覗く枕蚊帳
おとなしければ病気になるんじゃないか、大人になれば道楽を心配するてんですから、どっちにまわったっておっ母さんは楽はできません。

それに大きくなると、女親を馬鹿にしてね、

「そりゃァお前、いけないよ」

なんてちょいとでも小言をいわれると、悪態をついて、

「何を言ってやがんでえ。この糞ったれ婆ァめ。なんだってえと、生んだ生んだって、威張《えば》ってやがらァ。生んだったってなァ腹は借り物でえ。ああ、てめえの腹を借りて結構なお坊っちゃんができたんだ。有難えと思えよ」

なんてんで、何がいい坊っちゃんなもんですかね。腹は借り物だなんて威張ってる。

こういうのが大きくなって、噺家になったりなんかしたりするから、どうにもしようがない。

もっとも十月十日《とつきとうか》で素直に生まれればいいが、中には長びくのがありまして、お釈迦様は三年三月のあいだ、お母様のお腹においでになったそうで……ずいぶん長うございますね。まだ生まれないかと思っていると、だしぬけに四月八日に生まれましてね。すぐにこれがちょこち

ょこ、歩いたんで、まわりで見ていた人がおどろいた。けっかいという獣だろうてんで、大勢でぽかぽか頭を殴ったんですが……それが証拠に、今だにお釈迦様の頭がこぶだらけになっている。

　このときに天地を指さして、「天上天下唯我独尊」とおっしゃった。

　天にも地にも、偉いのは俺一人だってんで、生意気なことを言ってやがる。

「生まれたばかりでこんな高慢なことを言うんだ。こういう子じゃなんだよ、大きくなったら能書きを言ってしようがないぜ。構わないから今のうちに甘茶をしゃぶらせろ」

なんてんで、甘茶をしゃぶらせたら、喜んでかっぽれを踊ったってえますが……それで四月八日になると、花祭りというので今ではほうぼうのお寺で甘茶をかけますがね。まァこれが甘茶で幸せですよ。あれが肥やしだった日にゃどんなに伸びちまうか、わかりやしません。

　三年三月というと、ずいぶん長いようですが、唐土《もろこし》にはもっと長いのがある。唐土てえと、焼売《シューマイ》のできる国で、あすこはどうも広いだけに万事のんびりしておりましてね。老子という方は、お母さんのお腹に八十年いたというんですが、こりゃあ長すぎましたね。

　置いた方もおどろいたろうし、またいた方もくたぶれたこってしょう。もう生まれないと思っていたら、八十年目に生まれたてんですが、そのときには頭が禿げて、髭の生えたバクバクのお爺さんになっていたんで、取り上げた婆さんの方が二十三、歳が下だってえますがね、どうも大変な人が生まれたもんで……。

しかし、この方は大学者でございまして、多くの弟子を教えておりますので、生徒がまた、いろいろ先生に質問なぞいたします。

「今日、先生に伺いたいのでございますが、胎内に八十年、おいでになったということで、お腹にいらっしゃいましたときは、先生、どういうお心持ちで」

「いや、母の胎内というものは、それは暑くなく、寒くなく、まことに心持ちのよろしいもので、まァたとえるならば、とんと秋という気候でしょう」

「ほう。どういうところでお見分けがつきましたんで」

「おりおり、下から松茸が出るから」

そんなことは言いませんが、八十年いたらそういうことはわかったかも知れません。

我が国でも、応神天皇はお腹の中に三年おいでになったそうですな。神功皇后様が三韓を征伐というので、お支度になりましたが、ちょうどご妊娠。異国で子供が生まれては、日本の恥になるというので、征伐を終わるまでは御誕生無用、とおっしゃって、お腹を三べん撫でましたら、三年の間生まれなかったというんですな。われわれの方でもそういうことができると、まことに都合がいい。今月飛び出されちゃちょいと具合が悪いから、もう二月《ふたつき》待ってくれ、って……そうはいかない。もう、期日がくりゃ、どんどん飛び出しますが……。

九州の菟狭《うさ》というところへ御帰陣になりまして、このときに武内宿禰《たけのうちのすくね》という、昔の一円札についていましたな。白い髭の生えたお爺さん。あの人は、どの絵を見てもみな、お爺さんですね。若いときだってあったんでしょうけれど……。

この人がおそばへまいりまして、九州の菟狭へ凱旋です、と報告をする。

さすがに女帝でございますから、にっこりお笑いあそばして「嬉しいのォ」とおっしゃったそうで……。それで今もって、あちらに嬉野焼きなんという陶器が残っておりますが、ここでご誕生になりましたのが応神天皇様。弓矢の神様だというので、後に八幡様とお祀りいたします。武人はみな、この八幡様をご信仰になりますね。

徳川の家ちゃんという方が……家ちゃんたって、べつにつき合ったこともありませんが、家康公という、ご名君としてありますが、江戸城というものを、すっかり改築をいたしまして、どこから攻めてこられても、籠城のできるようにしたのは家康の知恵だといいますな。三代までは乱世でございましたが、三代将軍家光公のときに、初めて世の中が納まった。これから泰平の世が続いて、七代のときは将軍が七ツだったてえますが、どうも七歳で八百万石の政権を握るというのは大したものでございます。

しかし短命で、七歳でご他界になられたといいます。

日本には同じ死ぬのでも、いろんな言葉がありましてね。身分のある方が死ぬと、ただ死んだとはいわない。ご他界、ご逝去、崩御、公方がおかくれになりました、なんてね、酔っぱらうと舌の回らないようなことを言う。

われわれは、あんまりそういうていねいな言葉は使いません。

「昨夜、源公のおふくろがくたばったってえじゃねえか」

「ああ、ちょうどね、夜の引き上げにまいったよ」

なんてんでね。死んだことをまいった、なんてえますがね、まるで剣術でも使っているようでございます。

もちろん商売でみな、それぞれ言葉が違いましてね。

紺屋さんが死ぬと、相（藍）果てたってえましてね。材木屋さんが死ぬと、おっぺしょれた。氷屋さんは、溶けたとか……、してみると、われわれ噺家は、もうしゃべれないから、ごねたとかなんとか言うんでしょうが……。

＊『紀州』

大晦日

四季を詠みました歌に、

春椿　夏は榎で　秋楸《ひさぎ》　冬は梓で　暮れは柊《ひいらぎ》

この歌をもじりまして、式亭三馬という人が、

春浮気　夏は元気で　秋ふさぎ　冬は陰気で　暮れはまごつき

という、まことにうまいことをいいましたが……。

暮れのまごつきというのはいうまでもなく十二月……大晦日でございます。いまでも、大晦日というのは大変だなんていいますが、昔とは較べものになりません。あたくしどものおぼえでも、一時二時に寝るなんてのは早い方で、たいていは夜明かしでございます。どうしてそんなに遅くなるのか……やはりいろいろと、買物やなにかでごたごたしておりましたんですな。夜中でも買物客がくるんですから店を閉めるわけにはいきません。

あたくしの知っている足袋屋さんがありまして、まァどちらのお商人《あきんど》もそうですがたいていは夜明かし、明け方の五時六時になってやっと店を閉めるというわけで……。

足袋屋さんなぞも、もう暮れの二十七、八日ごろからお客様が殺到いたしまして……それまでは、店の者が大勢、ずうーっと並んで足袋を縫っておりましたけれども、もう暮れになってくると仕事はしない。蔵へ品物がいっぱい積んであって、これをどんどん出してきてはただ売るばかり。それでも手が回らないくらいで、それというのも大晦日の夜おそくまで、足袋一足でもどうしようかといろいろ考えて買ったという……ま、それほどに苦しかったんでございま

しょう。これはお金のある方ではお分かりがございませんが、とにかく大晦日というのはわれわれにとりましては大変なものでした。

噺家なんてえのは、それはもうたいていは貧乏で、金持ちなんてのはありませんが、その中でもとりわけて貧乏だったのが、二代目の蝶花楼馬楽という人でございましょう。

人間がずぼらで、のちにこの人は気が違いまして……一度はなおったんですが、また悪くなって、あたらどうもいい噺家でございましたがわりあいに早死にをいたしました。気が違うくらいですから、人間もじつに奇抜なところがありましてね。

ある年の大晦日で、どうにもしようがない。そこでいろいろ当人考えた末に、紙をずうっと長くつなぎましてね、これをいくつも作って、そこへ大書して表へ貼り出したんです。

「建武何年何月、楠正成、千早城に立て籠る」

「文禄何年何月、加藤清正、朝鮮蔚山《うるさん》に立て籠る」

いろいろその、立て籠ったのをずうーっと書きまして、終《しま》いの方は、

「明治三十八年二月、露将ステッセル、旅順に立て籠る。蝶花楼馬楽、我が家に立て籠る」

と書いてある。

馬楽は家の中にはいるんですが、表との交渉は一切しないというわけです。

借金とりがこれを見て、

「ははァ、なるほど……馬楽は立て籠っちまったんだ、じゃァもう、しようがないから……」てんで、借金とりがあきらめて帰ったというんですが……昔の人というのはそういうところは一面、うるさいようで、また粋なところもありました。ここでどうかけ合ってみたところで当人は一文も銭を持っていないんだろうから、とやこう言うだけ無駄なことだ、表へ書いてある通りなんだから、しようがないと、あきらめて帰っちゃったというところが、昔の人は面白味がありますが……。

そんなことはもうわれわれの方では朝めし前のことで、

「困るじゃないかねェ、何とかして返しておくれよ」

「いや、返してくれったってね。銭がないんですよ」

「それじゃお前さん、あんまり義理がわるかろう。ねえ、ほんの五、六日だってえから貸したんじゃないか。それがこんなに長くなっちまって、大晦日になって払えないじゃ困るよ」

「いや、困るったって、あたくしも銭がなくって困ってる……」

「まったくお前さんてェ人はどういう心持ちなんだ……え？　あたしはね、あれは自分のもんじゃないんだ。人のものなんだ。あの金がなきゃあたしはね、申しわけに首でもくくらなきゃならないんだよ」

「まァ……ここんところは何とかひとつ、そんなことにしておいていただきたいんで……」

ってね。世の中には図々しい奴もあるもんですが……。

かけ声に嘘を吐く棒さすまたや　とったやらぬで明かす年の夜

かけ声も提灯の弓押し張りて　きたなし返せ返せという

味噌こしの底にたまりし大晦日　越すに越されず越されずに越す

どうしてもこの暮れは越せないといったって、時間がきてしまえばどうしたって、いやでもおうでも元旦になってしまうんで……なるほど、うまいことをいったものでございます。

＊『掛取り万歳』

P+D BOOKS ラインアップ

おバカさん　遠藤周作　●純なナポレオンの末裔が珍事を巻き起こす

焔の中　吉行淳之介　●青春＝戦時下だった吉行の半自伝的小説

親鸞1　叡山の巻　丹羽文雄　●浄土真宗の創始者・親鸞。苦難の生涯を描く

天を突く石像　笹沢左保　●汚職と政治が巡る渾身の社会派ミステリー

浮世に言い忘れたこと　三遊亭圓生　●昭和の名人が語る、落語版「花伝書」

居酒屋兆治　山口瞳　●高倉健主演作原作、居酒屋に集う人間愛憎劇

小説 葛飾北斎（上）　小島政二郎　●北斎の生涯を描いた時代ロマン小説の傑作

小説 葛飾北斎（下）　小島政二郎　●老境に向かう北斎の葛藤を描く

P+D BOOKS ラインアップ

山中鹿之助	松本清張	●松本清張、幻の作品が初単行本化！
秋夜	水上 勉	●闇に押し込めた過去が露わに…凛烈な私小説
鳳仙花	中上健次	●中上健次が故郷紀州に描く〝母の物語〟
魔界水滸伝 1	栗本 薫	●壮大なスケールで描く超伝奇シリーズ第一弾
魔界水滸伝 2	栗本 薫	●〝先住者〟〝古き者たち〟の戦いに挑む人間界
どくとるマンボウ追想記	北 杜夫	●「どくとるマンボウ」が語る昭和初期の東京
剣ケ崎・白い罌粟	立原正秋	●直木賞受賞作含む、立原正秋の代表的短編集
サド復活	澁澤龍彥	●澁澤龍彥、渾身の処女エッセイ集

P+D BOOKS ラインアップ

熱風	中上健次	●中上健次、未完の遺作が初単行本化！
残りの雪（上）	立原正秋	●古都鎌倉に美しく燃え上がる宿命的な愛
残りの雪（下）	立原正秋	●里子と坂西の愛欲の日々が終焉に近づく
魔界水滸伝 6	栗本 薫	●地球を破滅へ導く難病・ランド症候群の猛威
噺のまくら	三遊亭圓生	●「まくら（短い話）」の名手圓生が送る65篇
銃と十字架	遠藤周作	●初めて司祭となった日本人の生涯を描く

（お断り）

本書は１９８７年に朝日新聞社より発刊された文庫を底本としております。
あきらかに間違いと思われるものについては訂正いたしましたが、
基本的には底本にしたがっております。
また、底本にある人種・身分・職業・身体等に関する表現で、現在からみれば、
不当、不適切と思われる箇所がありますが、著者に差別的意図のないこと、
時代背景と作品価値とを鑑み、著者が故人でもあるため、原文のままにしております。

六代目三遊亭圓生（さんゆうてい えんしょう）
1900年（明治33年）９月３日―1979年（昭和54年）９月３日、享年79。大阪府出身で東京の落語家。本名、山崎松尾。1960年、芸術祭文部大臣賞を受賞。代表作に『寄席育ち』など。

P+D BOOKS

ピー プラス ディー ブックス

P+Dとはペーパーバックとデジタルの略称です。
後世に受け継がれるべき名作でありながら、現在入手困難となっている作品を、
B6判ペーパーバック書籍と電子書籍で、同時かつ同価格にて発売・配信する、
小学館のまったく新しいスタイルのブックレーベルです。

噺のまくら

2015年11月15日　初版第1刷発行
2025年7月9日　第10刷発行

著者　三遊亭圓生
発行人　石川和男
発行所　株式会社　小学館
〒101-8001
東京都千代田区一ツ橋2-3-1
電話　編集　03-3230-9355
　　　販売　03-5281-3555
印刷所　株式会社DNP出版プロダクツ
製本所　株式会社DNP出版プロダクツ
装丁　おおうちおさむ（ナノナノグラフィックス）

ISBN978-4-09-352239-7

P+D BOOKS